2019年度黑龙江省社会科学学术著作出版资助项目

俄罗斯民间故事中的世界图景研究

徐 佩 著

哈尔滨工程大学出版社
Harbin Engineering University Press

内容简介

民间故事是人类宝贵的精神财富，是民间文化的重要组成部分。俄罗斯民间故事是描述俄罗斯民族自然、经济和文化条件的叙事体裁，能够反映和折射出俄罗斯人民的思想情感、伦理观念、道德原则、价值取向。本书利用世界图景理论对俄罗斯民间故事文本进行分析，有利于加深对俄罗斯民族民间文化的认识，增进中俄两国人民的相互了解。

俄罗斯民间故事是以人为中心的口头叙事体裁，家庭和社会阶层是其主要描绘的内容。本书共分三章，分别为故事和世界图景、家庭世界图景、社会世界图景，通过对俄罗斯民间故事中家庭关系、社会阶层关系及其中体现的民间道德价值取向的分析，描绘和构建出俄罗斯民间对世界的传统认识。

本书适用于高等学校俄语、俄罗斯文学与国情等相关专业师生参考书，也适用于俄罗斯民间故事爱好者阅读。

图书在版编目(CIP)数据

俄罗斯民间故事中的世界图景研究 / 徐佩著. —哈尔滨：哈尔滨工程大学出版社，2020.8

ISBN 978-7-5661-2769-3

Ⅰ. ①俄… Ⅱ. ①徐… Ⅲ. ①民间故事-文学研究-俄罗斯 Ⅳ. ①I512.077

中国版本图书馆 CIP 数据核字(2020)第 161188 号

选题策划 夏飞洋
责任编辑 张 彦 李 暖
封面设计 李海波

出版发行 哈尔滨工程大学出版社
社　　址 哈尔滨市南岗区南通大街 145 号
邮政编码 150001
发行电话 0451-82519328
传　　真 0451-82519699
经　　销 新华书店
印　　刷 哈尔滨市石桥印务有限公司
开　　本 787×960 1/16
印　　张 9.5
字　　数 154 千字
版　　次 2020 年 8 月第 1 版
印　　次 2020 年 8 月第 1 次印刷
定　　价 38.00 元
http://www.hrbeupress.com
E-mail:heupress@hrbeu.edu.cn

前　言

民间故事是一个民族宝贵的精神财富。自其存在以来，在代代相传的过程中累积了一个民族对人和世界的认识。各民族的民间故事具有相似性的特征，但是由于经济、自然环境和历史发展阶段的不同，每个民族的民间故事又具有各自的特点。俄罗斯民间故事反映的就是俄罗斯人民对于人和世界的总体认识。

了解俄罗斯民间故事中人对世界的认识，构建其中的世界图景是可行的方式之一。民间故事中的世界图景是以民间故事为文本，反映在其中的世界完整形象。世界图景不是对客观世界的直接复制，而是融入了图景的主体——人的能动性，含有价值取向和道德判断。民间故事作为人民集体创作的叙事作品，表达了人民集体对于人、社会，以及人与人之间关系的价值取向和道德判断。俄罗斯民间故事是以人为中心的口头叙事体裁，人在民间故事中的两个存在范畴是家庭和社会，家庭关系和社会阶层关系是俄罗斯民间故事的主要描绘内容。通过对俄罗斯民间故事中家庭关系、社会阶层关系，以及其中体现的民间道德价值取向的分析，可以描绘和构建出俄罗斯民间故事中的家庭和社会世界图景。

本书以构建俄罗斯民间故事中的家庭世界图景和社会世界图景为目的，运用文本实证分析、社会历史分析、演绎法、归纳法，对大量俄罗斯民间故事文本进行了分析。

本书共三章。第一章为故事和世界图景理论，主要阐释世界图景的概念、种类和存在方式，介绍民间故事的体裁特征，归纳民间故事世界图景的概念和特征；第二章为俄罗斯民间故事中的家庭世界图景，对未婚夫与未婚妻、丈夫与妻子、父母与子女、兄弟姐妹，以及其余的亲属进行形象和相互间关系分析，认为尊顺家长、男尊女卑、长幼有序、伴侣地位重于其他亲属为家庭世界图景的特点；第三章为俄罗斯民间故事中的社会图景，通过对社会上层阶层、下层阶层及其关系的描述，揭示了其中反映的将沙皇理想化、相信命运和追求社会公平等的俄罗斯人民传统的社会价值取向。结语在前三章的基础上，对俄罗斯民间故事中的家庭和社会世界图景特点进行了概括总结。

本书有望为中国的民间故事或其他的民间文学体裁的研究提供新的研究视角；为中国民间故事研究学者从事中俄两国民间故事比较提供新的切入点；对进一步了解俄罗斯传统民间文化和民族道德伦理具有积极意义。

著　者

2020 年 1 月

目　录

第一章　故事和世界图景

第一节　世界图景理论

一、世界图景的定义

“世界图景”这一术语是由德国物理学家赫兹（H. Hertz）在19世纪末至20世纪初首次提出。他将物理世界图景定义为外部事物的内部形象的总和，采取逻辑的方法由这些形象可以获得外部事物相关性能的信息。另一位德国物理学家普兰克（M. Plank）也广泛地应用世界图景这一术语，认为物理世界图景是由物理科学形成的，反映自然界真实规律的“世界形象”①。爱因斯坦则将物理世界图景理解为一个将经验事实结为一体的基础规则系统。

随着物理学科的发展和科学整体的发展，世界图景不再局限于物理学领域，从而进入到人文学科领域。以世界观和世界认识（мировидение）为研究对象的哲学首先对世界图景的概念作出了回应。维特根斯坦是哲学领域最早使用世界图景术语的哲学家。他认为，“真实思想的总和就是世界的图景”②。雅斯贝尔斯（Karl Theodor Jaspers）则认为，世界图景是“人所拥有的物体内涵（предметное содержание）的总和”③。

不只在人文哲学领域，在文化学和语言符号学领域也同样在研究世界图景。布拉金斯卡娅（Н. В. Брагинская）在《古代神话和文学》（Миф и

---

① Планк М. Единство физической картины мира. Москва：Наука. 1966. С. 13.

② 维特根斯坦：《逻辑哲学论》，郭英译，商务印书馆，1992，第28页。

③ Филофоский энциклопедический словарь. Москва：ИФРА – М. 2003. С. 201.

литература древности)[①]的后记中写道"类似于'世界图景'表述的神话因子等术语,第一眼看起来应用不超过 20 年时间,但在 20 世纪 20 年代,弗赖登贝格(О. М. Фрейденберг)和语义学派的学者就已开始使用"。

从 20 世纪 60 年代开始,世界图景在符号学的第一模式化系统(语言)和第二模式化系统(神话、宗教、民间文学、诗歌、小说、电影、油画、建筑等)中得到研究。按照符号学的观点,文化被定义为"非遗传性的集体记忆"(ненаследованная память коллектива),"文化的主要任务是对人周围的世界进行结构组织,该组织反映在世界模式中"[②]。在早期关于模式化系统的研究著作中,世界被解释为"机器的消极记忆",是相互作用的环境和机制。机制指的是"与周围环境相互作用并对获得的关于环境和机制本身的信息进行加工的机器、人或动物"。模式概念则是从控制论(киберnттика)意义上来使用,是复杂控制系统(包括机器、有机体、社会等)内部信息转换规律研究过程中的一种抽象工具。"世界模式被看做是世界形象,是对所接受的信号重新编码的结果"[③]。信号是一级模式化系统和二级模式化系统的信息源,后者也是对前者信息重新编码的结果。文化符号学研究的出发点是"不同的符号系统对世界模式化的方式不同"[④],其模式化能力也有所不同。数学符号机制具有最高的抽象能力和最小的模式化能力,而宗教符号系统具有最低的抽象能力和最大的模式化能力。自然语言符号系统则处于这两种符号机制之间。

俄罗斯学者不仅提出了对世界模式理论的理解,还实际重构了古代的世界模式。伊万诺夫(В. В. Иванов)和托波罗夫(В. Н. Топоров)通过对古斯拉夫神话文本的语义重构,选择具有普世意义的基本语义对立集合,如白与黑、永生与死亡、近与远、干与潮、垂直与平行、向上与向下、春天(夏天)与冬天、可见与不可见、东方与西方等进行描述,重现了古斯拉夫人的世界模式。

这之后对世界图景的研究主要集中在对古代社会和民族世界图景的重构

---

① Фрейденберг О. М. Миф и литература древности. Москва:Наука. 1978. С. 568.

② Лотман Ю. М, Успенский Б. А. , О семиотическом механизме в динамике русской культуры Учен. зап. Тартурского университета. 1971. С. 146 – 147.

③ Серебренников Б. А, Роль человеческого фактора в языке: Язык и мышление. Москва: Наука. 1998. С. 15.

④ Зализняк А. А, Иванов В. В. , Топоров В Н, О возможности структурно – типологического изучения нектоторых моделирующих семиотических систем//Структурно – типологические исследования. Москва,1962. С. 134.

方面。对模式的理解也不再限于狭义的控制论意义，而是从更宽广的认识论和普通科学意义角度来理解模式，将模式看作是被模式化客体的意义替代物。古列维奇（А. Я. Гуревич）在《中世纪文化范畴》（Категория средневековой культуры）一书中指出，“不会运用在专门的控制论意义层面的术语模式”，而将该术语等同于“世界模式”“世界图景”“世界认识”（видение мира）①。他将模式定义为“坐标网”（сетка координат），人们通过坐标网接受现实，在意识中建立相应的世界形象。根据古列维奇的思想，每个文化中的世界模式都由相互联系的普世概念组成，如时间、空间、改变、原因、命运、数字、感性与超感性的关系，局部与整体的关系等。“每个文明、社会体系的特征都是由接受世界的特殊方式赋予的。被我们称作普世的基本观念和感觉范畴是指任何历史时期都为人所固有的情况，但是它们的内涵是变化的”②。拉耶夫斯基（Д. С. Раевский）在重构斯基泰人（скифы）神话世界模式时提出，必须对原始世界模式的结构和实现的多样性进行全面的研究。他认为存在一个总的浓缩的统领原则（принцип концентрирования），“将统一的古代社会文化结构构形（структура конфигурация）变为各种代码表现的总和”③。

这一时期世界图景的理论还被应用于心理学领域。心理学家列昂季耶夫（А. Н. Леонтьев）就认为，世界存在着特殊的“第五维度”“意义场”，周围现实就在其中呈现在人的面前。由此，世界图景可以被看作是周围现实的形象系统。

现今，更多的学术领域的学者对世界图景进行研究，如认知语言学、文学、语言文化学、民族学和民间文艺学等领域的学者。他们也提出了各自对世界图景的理解，如科尔尚斯基（Г. В. Колшанский）认为，世界图景是复杂、多面和综合的现象，可以被解释为客观世界的第二性存在；马斯洛娃（В. А. Маслова）则认为，世界图景是人对自身和环境信息进行加工处理的结果等。

虽然不同的研究领域对世界图景的释义有所不同，但其中也存在共性，即承认人的能动性。在此基础上，本书采用波斯托瓦洛娃（В. И. Постовалова）对世界图景的定义，即“世界图景是世界的总体形象，是人所有精神能动性的结果”④。

---

① Гуревич А. Я. Категория средневековой культуры. Москва：Исскуство. 1984. С. 24.

② Гуревич А. Я. Категория средневековой культуры. Москва：Исскуство. 1984. С. 16.

③ Раевский Д. С. Модель мира скифской культуры. Москва：Наука. 1985. С. 204.

④ Серебренников Б. А. Роль человеческого фактора в языке：Язык и мышление. Москва：Наука. 1998. С. 19.

二、世界图景的分类

世界图景的分类基础有三个基本元素①：

1. 世界图景的主体，即图景的活动者、表现者、“谁”（кто），包括单一的人（отдельный человек）；单一的人群（отдельные группы людей）；单一的民族（或多民族）（отдельный народ – народы）；人类整体（человечество в целом）。

2. 世界图景的对象，即图景的客体、被表现的对象、“什么”（что），包括自然、人、人类社会、客观现实等，即“世界”。

3. 人活动的结果，即形象，世界图景本身。

由这三个基本元素可以组成多种多样的世界图景。首先，从世界图景的主体来看，群体数量的区别、年龄差异、所处年代的不同、受教育水平高低等都可以形成不同的对世界的认识。其次，世界图景对象选择不同，也会形成不同的世界图景，如以宗教整体为对象产生的认识和以具体宗教为对象产生的对世界的认识是不会等同的。世界图景的多样性使我们无法完全列出世界图景的种类，但是根据上述三个基本元素，我们可以将世界图景主要分为：

1. 个体世界图景和集体世界图景。根据集体社会意识的范围，可以将世界图景分为神话世界图景（мифологическая картина мира）、宗教世界图景（религиозная картина мира）、哲学世界图景（философская картина мира）和科学世界图景（научная картина мира）等。

2. 根据对世界的整体认识和局部认识，可以将世界分为整体世界图景（целостная картина мира）和部分世界图景（локальная картина мира）。集体社会意识范围包括的四个世界图景属于整体世界图景；专门科学世界图景，如物理世界图景、化学世界图景、数学世界图景等属于部分科学世界图景。

3. 按照对现实形象的表现方式，世界图景可以分为对现实世界形象做理性表现的世界图景和对现实形象作图景形象化表现的世界图景。前者又根据理性理论的范畴，分为功能世界图景（функциональные картины мира）、信息世界图景（информационные картины мира）、理论可行的世界图景（теоретико – вероятные картины мира），等等。后者则指艺术世界图景，即通过画面来反映

---

① Серебренников Б. А, Роль человеческого фактора в языке: Язык и мышление. Москва: Наука. 1998. С. 29 – 35.

对世界的认识。

4. 世界图景可以总分为科学世界图景(научная картина мира)和朴素世界图景(наивная картина мира)。20世纪初,普兰克就将世界图景分为科学世界图景(научная картина мира)和实际世界图景(практическая картина мира)。他认为,科学世界图景是不依赖单独个体和整个人类思想的绝对意义上的现实世界模式①。实际世界图景是人在自身感受基础上形成的对周围世界的完整认识。科学世界图景最初被自然科学人员理解为自身学科已达到和已证明的成果。随着物理科学的发展,科学世界图景被释义为由抽象的数学机构阐释的模式。现今,对科学世界图景的理解是"借助构成科学基本观点的基础概念和原则,反映在科学中的关于世界普遍认识的体系"②。与科学世界图景相对的是朴素世界图景,是由人思维中的日常概念所构建的图景,是人通过日常经验和各种改造活动的结果,形成于人的日常、理智和情感认识中,反映了人对世界非精确科学的认识。在对科学世界图景和朴素世界图景进行区分时,人们往往根据自然科学和人文科学来对其划分,即神话世界图景、艺术世界图景、语言世界图景等都被认为属于朴素世界图景。

世界图景的多样性也表明,人们可以从多方面认识世界,形成不同的世界形象。民间文学中的世界图景也是人认识世界的方式之一。根据上述分类标准,民间文学世界图景应当是以人民集体为主体的集体世界图景,由于反映的是人民的日常和情感经验,并不是对世界的精确科学认识,还应当属于朴素世界图景的类别。

三、世界图景的存在方式

世界图景产生于人与世界的全面接触中。人与世界的接触形式和经验是多样的,有日常生活的,有实践生产的,还有认知的。人对世界图景的构建是通过各种接触方式认识世界的不同过程的综合结果。人在认识世界、接触世界的过程中发挥中积极的精神能动性。"人在感受世界,关照世界,认识世界,理解世界,领会世界,阐释世界,表现和反映世界,生活在世界之中,创造和想象出

---

① Планк М. Единство физической картины мира, Москва: Наука. 1966. С. 48.

② Серебренников Б. А, Роль человеческого фактора в языке: Язык и мышление. Москва: Наука. 1998. С. 14.

‘可能的世界’。世界形象就是在人的各种世界感觉、世界感受、世界感知、世界接受、世界认识、世界评价等活动当中，在人的世界整体的体验活动中产生了”①。

上述对世界认识的活动被波斯托瓦洛娃总称为世界认识（мировидение）。世界认识与世界反映（отражение）是相关但又有区别的概念。在“世界－主体能动性－世界形象”这一认识链条中存在着两个相反的方向：对世界的反映是从世界到主体能动性；世界认识却是从主体能动性到世界。反映的重心是认识世界过程中的客体，其认知世界的结果体现在经典科学的人的因素之外的客观知识，而世界认识的重心则是主体，其认知世界的结果是带有主观评价取向和个性特征的世界形象。海德格尔认为，“图景”一词使人首先想到的是对某事某物的反映。但作为影像的世界图景提供的不是对原型的复制，而是对我们所认为的更本质、更重要特征的定像。把对世界的接受理解为图景，这表明，我们处在认识自我和世界的阶段，那么是我们在建造世界，与事物本身无关的想法就显而易见。

爱因斯坦发展了创造世界图景或现实图景是人类活动必需要素的思想。他在《麦克斯韦对物理现实概念的影响》（Влияние Максвелла на развитие представлений о физической реальности）一书中提到，“世界图景是我们对现实的认识，是人类意识中的现实，是生活（生命）的目的之一：人努力在心中创建一个简单明确的世界图景，以便脱离感觉世界，试图在某种程度上用创造的图景来替换这个世界。艺术家、诗人、研究理论的哲学家和自然科学家，每个人都按照自己的方式创建世界图景。人把自己精神生活的重心都转移到这个图景和对它的建构上”②。

综上所述，世界图景的形成与人的活动密不可分，是人所有精神能动性的结果。由此可以将世界图景看作是“客观现实的主观形象”，属于人的理念世界（идеальный мир）。同时，世界图景也是现实存在，物化（опредмечивание）于符号形式之中，却不能被任何一种符号形式完全展现。因此，作为理念世界的构成物的世界图景具有两种存在方式：1. 作为人意识和生命活动非物体化成分

① Серебренников Б. А, Роль человеческого фактора в языке: Язык и мышление. Москва: Наука. 1998. С. 20.

② Эйнштейн А. Собрание научных трудов. Москва: Наука. 1967. Т. 4. С. 4.

的非客体化（半客体化）存在方式（полуобъектированное существование）；2. 表现为物体化构成的客体化存在方式（объективированное сущствование）①。不同于以本能生活的动物和拥有绝对真理的神，人在世界中的定位依靠的是特殊的符号系统：语言、神话、宗教、艺术、科学等。卡西尔（Cassirer）就将人定义为在象征形式中建立世界的象征生物。需要借助象征符号的人的理念世界图景同样需要体现在各种象征符号中。这些符号既包括刚刚提到的语言、神话、艺术，也包括手势、表情、仪式、器物、社会文化定性、民间文学等。

由此，可以总结出理念世界图景与现实世界图景的关系：前者是人类活动的重要部分，形成于人对世界的认识过程中；后者则是前者的物化，作为理念的世界图景存在于人的意识、心理和精神之中，同时也存在于人的行为、物质实践及文化产物等符号系统中。通过世界图景的实体化表现形式，我们可以描绘和构建出其中所体现的世界形象。

在符号学中，世界图景的不同体现者是特殊的语言和该语言写成的文本，依靠语言与文本人们可以重构已经存在的或之前存在的世界图景。伊万诺夫和托波罗夫认为，世界模式（世界形象）实现于不同的人的行为方式和该行为的结果（例如语言文本、社会制度、物质文化等），“这样的实现形式被称为文本”②。在本书中，我们要构建的是俄罗斯民间故事中的世界图景，即物化于民间故事文本中的世界图景。

四、世界图景的构成单位

观念是世界图景中重要的组成部分。观念研究的发端始于柏拉图的理念说。在柏拉图的理念说中，认为理念是神所创造出来的唯一理想的、实在的东西，而现象只是理念的各种形式的摹本。也就是说，由理念产生了现象世界，“诸共相先于万物而存在”③。其后，亚里士多德对柏拉图的理念说进行了批评修正。11 世纪开始，哲学家们对柏拉图和亚里士多德的想法产生了不一致的看法，因此，出现了唯名论和唯实论之争。唯名论和唯实论之间争论有：个别事物

---

① Серебренников Б. А, Роль человеческого фактора в языке: Язык и мышление. Москва: Наука. 1998. С. 21.

② Иванов В В, Топоров В. Н, Славянские языковые моделирующие семиотические системы: Древний период Москва. 1965. С. 7.

③ 罗素：《西方哲学史：上》，何兆武，李约瑟译，商务印书馆，2017，第 539 页。

和一般事物之间存在的问题;事物的名称和事物之间的关系。在这两派中出现了温和的代表人物阿伯拉尔,他提出了“观念主义”,认为事物的名称和事物之间存在一定的联系。在17世纪,英国哲学家洛克明确提出了观念论:“词的使用,就是观念的客观标记,而这些标记所代表的观念则是他们所专有的和直接的含义”。也就是说,事物的名称和事物之间是存在一定的联系的,名称在一定程度上反映了事物的直接或间接的特征。到了20世纪,唯名论和唯实论之间的争论演变成对语言符号意义的争论。至此,由对事物存在的研究进入到对事物和名称之间联系的探讨。

俄罗斯学界将观念一词作为术语进行研究,首见于阿斯科利多夫的《语词与观念》(Слово и концепт,1928)一书。在此书中,阿斯科利多夫阐述了“观念”的功能、内涵和特征,提出“作为思维活动内容的普遍概念,具有意识活动的特点,是在快速言语活动和对语词理解过程中出现在人脑海中某种难以捕捉的、一闪而过的东西”。但他的想法当时未引起关注。到了20世纪末,观念理论才得到深入、系统的论述和整理。韦日比茨卡亚(А. Вежбицкая)是继阿斯科利多夫之后最早把观念作为主要研究对象的当代语言学家。韦日比茨卡亚提出,观念具有民族性,并把这种特殊性压缩成三个关键词“心灵、命运和苦难”。利哈乔夫(Д. С. Лихачев)在《俄语观念域》(Концептосфера русского языка)一文中指出:“观念不是直接源于语词的意义,而是语词意义与个体和民族经验相遇的结果”。

目前,在俄罗斯学术界对观念的研究主要分布在四个领域:认知语言学、心理语言学、语义学和语言文化学。在认知语言学领域的学者主要有:斯捷尔宁(И. А. Стернин)、波波娃(З. Д. Попова)、捷利亚(В. Н. Телия)和库布里亚科瓦(Е. С. Кубрякова)等。该领域的学者认为,观念是解释人的意识和心理活动的术语,是表达人的记忆、精神词汇、概念及全部世界图景的脑语言单位;语义学领域的代表学者有:巴布什金(А. Н. Бабушкин)、韦日比茨卡亚、什梅廖夫(А. Д. Шмелёв)等。这一领域的学者们研究的重点是人类思维概念及语法体系中的观念研究,并通过词义分析把观念归结为表达现实客观事物的逻辑关系;心理语言学领域是以谢利瓦诺夫(Е. А. Селиванов)为代表的。心理语言学方面的研究强调,观念是多维度的心理构成,它反映认识世界的过程、人的行为结果、对世界的经验和认识,在构成中储存着世界信息。该学派的研究属于语言应用性研究,致力于揭示观念在人脑中机制和机理的形成及作用,探讨其功能特征和结构特点。

在语言文化学领域,观念具有重要价值。从 20 世纪 90 年代开始俄罗斯的语言文化学界非常重视对观念的研究。这一领域的学者有斯捷潘诺夫(Ю. С. Степанов)、卡拉西克(В. И. Карасик)、祖斯曼(В. Г. Зусман)、克拉斯内(В. В. Красных)、玛斯洛娃(В. А. Маслова)、阿鲁秋诺瓦(Н. Д. Арутюнова)和阿列菲连克(Н. Ф. Алефиренко)等。卡拉西克认为,价值观念永远是文化观念的核心。他把观念划分为三部分:形象(образ)、概念(понятие)和价值观(ценности)。形象部分指的是存在于人们记忆中的可见、可听、可嗅、可触的事物、现象和事件。概念部分是指用语言形式固定下来的观念,可解释、可描写、可对比,它以一种综合的、多维结构的、全景式的状态存在着。"价值观部分是能把一种观念区别于另一种观念、一个民族区别于另一个民族的决定性要素。价值观在民族意识中代表了一个民族文化类型中最核心的思想"。1997 年,斯捷潘诺夫在其著作中把观念(концепт)看作世界文化的基础内核,认为观念是民族的文化基础要素。斯捷潘诺夫强调观念是"人意识中的文化凝结",文化以观念的形式进入人的精神世界,同时人也会借助观念走进文化并影响文化。

国内对观念的研究也是从近十几年才开始,其中代表学者有杨秀杰、华劭、赵爱国等。他们的论文和著作都对观念理论进行了分析研究,如华劭教授的《概念还是观念? 概念化还是观念化? 概念分析还是观念分析?》、姜雅明的《对"концепт"的解读与分析》、刘娟的《术语 концепт 及其概念意义探究》《俄罗斯语言学概念理论的研究对象》、贺春英的《文化视野中的观念分析》、张艳杰的《"问题"的观念分析》、赵艳的《观念分析的语言学维度》等。在这些著作或论文中,华劭的《概念还是观念? 概念化还是观念化? 概念分析还是观念分析?》,通过详细分析观念词的本义、词源,以及观念在各种用法中与概念、意义、指称及其他心智构造的关系,指出国内对观念一词翻译的不同。刘娟的《术语 концепт 及其概念意义探究》与《俄罗斯语言学概念理论的研究对象》两篇文章,指出观念具有交叉性、综合性特点,分属于不同的理论体系,指称的概念意义不同。

隋然在《语言认知理论研究中的概念现象问题》一文指出:"在人类认知活动的过程中,从生动的直观经验到抽象的理性思维,形成了一系列表现为逻辑思维最基本单元的概念”“观念的结构既包括了属于概念的所有东西，又包括那些把观念变为文化事实的东西，如词语的来源，包括其内容基本特征的简史、现代的联想、评价等”①。

杨秀杰在其著作《语言文化学的观念范畴研究》、论文《语言文化观念及其研究方法》《语词 свобода 和 воля 的观念分析》《文化观念与其语言形式》中提出，观念是语言文化学的重要范畴，是文化的基本细胞。观念借助于语言符号在文本中向我们展示它的含义，展示具体语言文化共同体对它的理解、评价、情感联想及受该观念支配的人的行为。语言文化学的观念理论以哲学诠释学为方法，以理解为目的，通过考察语词的词源、历史进化、现实来挖掘民族文化记忆中的内涵，进而揭示该民族的观念世界图景及体现的民族精神。

上述国内外学者从认知语言学与语言文化学角度对观念的界定虽侧重点有所不同，但对观念的认识具有共同性，即认为观念是文化的基本内核，是带有民族文化烙印的人的心智单位，具有保留、加工和传递知识的功能，在反映客观现实的同时，带有情感和评价色彩，是世界图景的组成单位。语言是观念的外在形式，观念通过语言进入人的心智世界。

观念出现在各个时期，它所展现出的思维维度是人类对于世界的总体认识。它是人们在一个大的知识储备整体中形成的心智框架，它和外部世界的联系是紧密不可分割的。在我们认识和理解世界的过程中，从不同的角度去理解发现，观念和语言的世界图景是相互关联的。观念世界图景涵盖了大部分事物反映的现实世界，它能够展现生存在世界上的人或物的认知活动、认知方式和认知结果。

观念具有复杂的结构。波波娃和斯捷尔宁在分析了大量的观念及研究成果后，总结出“系统性”的观念分析模式。该分析模式具体步骤如下：1. 选取分析的关键词（ключевое слово）（观念词），通过不同的词典（详解词典、词源学词典、专业辞典）对该词的诠释进行分析提炼出该观念的所有语义特征。2. 对包含观念词的具体问题进行分析。通常从包含观念词的文本中所获得的观念词汇搭配往往多于词典释义所获得的固定搭配。3. 实验法，常用的是自由联想实验法，即记录被测试者对刺激词（该观念称名词）产生的所有联想。从实验结果

① 隋然：《语言认知理论研究中的概念现象问题》，《外语学刊》2004 年第 4 期。

中可获取观念词收录在字典词条中的特质。4. 观念词的同义词分析。5. 构建观念词的派生词环境。6. 建立观念词的构词环境。7. 分析包括观念词的谚语、格言。8. 分析包括该观念词的文学作品。

卡拉西克的观念研究方法也综合了语言语义和文化学语义的分析，具体如下：1. 观念称名词的语义分析；2. 观念词的词源分析；3. 观念词的转义、联想义分析；4. 表示和表达观念的词和词组所在语境的语义阐释分析；5. 与观念相关的联想的文化阐释分析；6. 包含观念词的熟语、俗语分析；7. 对被测试者就某观念内容相关的题目所写短文的分析；8. 被测试者对某观念的口头表达的量反应的分析。

根据斯捷潘诺夫的观点，观念的结构中既包括概念，也包括让观念成为文化事实的词源，浓缩为内涵基本特征的历史，联想与评价等。斯捷潘诺夫据此将观念的结构分为三个层级：内部形式、补充的历史层级和具有现实意义的层级。观念的内部形式或词源特征既是对记录在词汇中的文化现象初始意义的追寻，也是对未被语言体现的文化现象源头的探究。虽然该层级只被专业的研究人员所掌握，但对普通文化载体而言，该层级是其他两个层级的基础。补充的历史层级是消极层级，该层级关注的是观念的历史延续性，即在不同的历史文化时期，具体的历史文化环境对投射到社会群体行为模式的观念内涵的影响，该层级只为部分社会群体所了解。具有现实意义的层级是观念的基本层级，是所有该民族文化载体相互理解和交流的手段。该层级是集体意识的反映，是个人后天习得的所在集体对世界的认识与评价，决定集体的行为规范与价值取向。

本书采取斯捷潘诺夫的观念分析法，即通过考察词语的概念、历史进化层级意义、现实层级意义来挖掘民族文化记忆中的民族精神，进而揭示该民族的民间文学中的世界图景。

第二节　民间故事的定义和体裁特征

一、民间故事的定义

民间文学是广大民众集体创作、口头流传的一种语言艺术。它是“广大民众生活的组成部分，是他们认识社会、寄托愿望、表达感情的重要方式之一”。民间文学不仅是一种文学现象，它更是一个民族文化的重要组成部分。这是因为，民间文学与社会生活的各个方面密切相关，真实地反映民众的情感和各个时代民众的世界观，记录了民族的历史习俗和心理特点，是研究民族文化的重要资源。在民间文学的各体裁中，民间故事则占有重要的位置。

不同民族用不同的方式来表示作为民间文学体裁的故事术语。欧洲采用的是现今定义其他民间文学体裁的术语，如古希腊人用 миф 来表示故事，拉丁语用 fabula（不是特指故事，而是指谈话、流言、谈话的对象等），法语用 conte（叙述）来代表故事。为了使表达更加精确，法语还用 conte populaire 来表示民间故事，conte de fees 来表示神奇故事。而英语中表示故事的 tale 的词义是“任何叙述”、fairy – tale 表示神奇故事，household – tale 表示家常故事。story、legend 也用来表示故事。

中国民间俗称讲故事为“讲古话”“讲瞎话”“说白话”“讲大头天话”“摆龙门阵”，还有叫做“讲经”“粉白（话）”的，但仍以“故事”一词最为普遍。“故事”一词很早就见于中国典籍，早先指“旧事”，随后据传出于西汉著名史学家班固笔下的《汉武故事》一书问世，“故事”作为叙事体裁名称的用法从此流行开来①。

只有德语和俄语为故事这一概念创造了专门的词汇。德语为 marchen，指短小有趣的叙述，并逐渐固定为故事之意。俄语中表示故事的词是 сказка。сказка 一词在俄语中出现的时间相对较晚，从 17 世纪开始才被用来定义民间文学体裁。在这之前古罗斯用 баснь 或 байка（寓言）来定义故事。这两个词源自动词 баять，即说的意思。关于 байка 的早期记录是在 12 世纪的教会文献中。在古罗斯接受基督教之后，国家开始禁止多神教信仰和仪式，而教会会将那些信奉巫师以及讲故事（басни баютъ）的人严格定罪。而 сказка 一词最初的意义是指真实的，具有法律效力的笔头或口头的供词。从 17 世纪开始该词拥有了另一个意义——故事。

确定了“故事”一词的词源和意义之后，需要界定作为一种民间文学体裁——故事的定义。民间文艺学和民俗学常用的是“民间故事”这一术语。

---

① 刘守华：《中国民间故事史》，湖北教育出版社，1999，第 6 页。

关于此概念的界定，国内外学者的认识并不一致。大体有广义和狭义两个概念。

广义的民间故事是指所有口头讲述的散文故事，如段宝林在其编纂的《中国民间文学概要》中将民间故事定义为“人民口头创作中叙事散文作品的总称，按题材内容及流传情况的不同可分为神话、传说、生活故事、笑话、寓言、童话等六类”①。在民间文学的实际搜集中，为了方便工作，常采用这种广义的理解。

狭义的民间故事是指神话、传说以外的那部分口头叙事散文故事。作为科学研究的对象，狭义的理解更具有针对性。因此本书采用的是民间故事的狭义定义。

二、民间故事的体裁特征

民间故事作为民间文学体裁，具有独立的特征。索科洛夫（Б. М. Соколов）认为，“引人入胜”“内容的幻想性”是民间故事的特征；尼基福罗夫（А. И. Никифоров）认为，“故事是以娱乐为目的存在于民间的口头叙事，其内容是有别于日常意义的事件（幻想的，神奇的或生活的），具有特殊的专有布局修辞结构”②；普罗普（В. Я. Пропп）和梅列金斯基（Е. М. Мелетинский）从情节结构方面给出了故事的体裁特征。许多学者支持文学虚构和想象是故事的主要体裁特征，如波梅兰采娃（Э. В. Померанцева）认为，故事区别于其他民间文学体裁的特征是“以虚构为原则”，因此，无论是神奇故事还是日常生活故事，故事的特征就在于，其首先是作为诗学虚构和想象的游戏被讲述者和听众所接受，不存在关于故事可信性的问题；阿尼金（В. П. Аникин）提出应当从虚构与现实的关系，故事的历史起源和思想艺术功能角度寻找体裁特征；诺维科夫（Н. В. Новиков）同样支持故事的幻想性特征，“故事是客观的建立在艺术想象之上的作品，与讲述人和听众是否相信所讲内容无关”③。但同时，学者们也同意，在想象和结构特征之外，故事还具有其他的体裁特征。要更清楚地确定故事的体裁，应当将故事与其他的民间文学体裁进行对比，在比较中突出故事作为独立体裁的特征。

---

① 段宝林：《中国民间文学概要》，北京大学出版社，2002，第 40 页。

② Никифоров А И，Сказка и сказочник. Москва：ОГИ. 2008. С. 72.

③ Новиков Н В，Образы восточнославянской сказки. Ленинград：Наука. 1974. С. 12.

1. **民间故事与神话**

神话也有广义和狭义之分。广义神话是指神话的产生没有时间界限，每个时代，包括现今，都有新的神话产生，即不将神话限制在原始社会。而本书在比较民间故事和神话时，采用的是狭义神话观，即将神话看作是“生活在原始公社时期的人们，通过他们的原始思维不自觉地把自然界和社会生活加以形象化、人格化而形成的幻想神奇的语言艺术创作”①。

神话具有原始性和神圣性的特征，与原始崇拜、仪式密切相关。人们对神话的内容深信不疑，将其当作现实或最高秩序的现实来接受。“神话对于原始民族来说，和仪式一样，能对自然产生影响，具有宗教巫术意义”②。

民间故事不具有神圣性特征，主要起到娱乐的作用。人们不会相信民间故事所描述的人物和事件的真实性，人们明确知道，这是艺术想象的产物。所以，故事文本逐渐失去了古代神话的一大本质特征，即对由人想象所创造的超自然物的信仰。此外，故事文本的定位是，人能够战胜对自然力量的依附。

神话还是对世界各自然客体、自然现象等起源的解释，故事则是将神话中事件所限定的时间和地点非神话化，使其进入故事的不确定的时空中，失去了起源解释的意义。

两者的社会功能也不同。“失去社会作用（социальная значимость）的神话成为故事”③，即不能再起到宗教巫术作用，人们不再相信的神话逐渐变为故事。

民间故事与神话不仅有差别，还有一定的联系。对故事源自神话的观点已被大多数学者所接受，阿法纳西耶夫（А. Н. Афанасьев）、梅列金斯基、普罗普、列夫基耶夫斯卡娅（Е. Е. Левкиевская）等学者都是该观点的支持者。与神话关系较为密切，早期的民间故事体裁多为动物故事。学者认为，动物故事是对原始的动物图腾崇拜的反映。许多神奇故事的情节起源于原始的文化传统，而正是神话创造了这些传统，如神奇故事中的异类婚母题就源自图腾神话，是主人公到另一个世界寻找失踪公主的故事，与关于巫师为了救回病人或死人的灵魂

---

① 中国大百科全书总编委会《外国文学》编辑委员会，中国大百科全书出版社编辑部：《中国大百科全书·外国文学》，中国大百科全书出版社，1982，第913页。

② Пропп В. Я. Русская сказка. Москва：Лабиринт. 2005. С. 27.

③ Тронский И. М. С，Ф. Ольденбургу к 50 – летию научно – общественной деятельности. Ленинград：АН СССР. 1934. С. 534.

而流浪的神话类同。神奇故事中的一些母题和象征，如新娘或新郎的逃跑、叫出妻子的氏族名字的禁忌等可以在神话－仪式语义中得到解释。

2. **民间故事与传说**（предание）

民间传说是同一定历史人物、历史事件、自然风物（山、石、河、湖、花木、鸟等）、人造古迹（桥、井、庙、楼、钟、塔等）、社会习俗等相关联的一种故事①。其主人公多为现实存在的人或物。俄罗斯的民间传说多与城市、农村、湖泊和古墓相关。其中流行较多的是关于吉特日城（город Китеж）的传说。关于历史人物的传说多是讲述伊万雷帝（Иван Грозный）、彼得大帝、拉津（Разин）、普加乔夫、民族英雄等的事迹。还有关于历史事件，如俄法战争等传说。

民间传说与民间故事相比，更注重历史性和现实因素，并常用各种手法渲染其历史色彩和真实性。

综上所述，我们引用美国人类学家威廉·巴斯科姆关于神话、传说和民间故事区别的表格（见表 1），作为对三者主要区别的直观呈现。巴斯科姆对这三者区别的阐释，已经得到大多数民俗学家的认同。

表 1　威廉·巴斯科姆关于神话、传说和民间故事的区别的识识

形式	信实性	时间	地点	取态	主要角色
神话	事实	遥远的过去	不同的世界：其他的或很早的	神圣的	非人类
传说	事实	不久的过去	今天的世界	世俗的或神圣的	人类
民间故事	虚构	任意时间	任意地点	世俗的	人类或非人类

此外，民间故事与神话和传说的区别还体现在功能上，分为审美功能和道德教育功能。

民间故事具有审美功能。民间故事中美丽的公主、英俊的王子、善良的农民，以及他们传奇的经历，与蛇怪、巫婆的搏斗，勇敢无畏的士兵、聪明机智的长工对地主的嘲笑等故事情节深深地吸引了人民注意力，带给人民以愉悦的享受。

民间故事具有道德教育功能。民间故事是以人民情感道德评价的民间口

① 刘守华：《故事学纲要》，华中师范大学出版社，2006，第 4 页。

头文学为叙事体裁。民间故事虽不能够完全真实地反映现实生活，但是能够清楚地反映人民的价值取向。人民的道德价值评价体现在故事人物的相互关系、人物的形象及最终命运中。尊重父亲的儿子会得到宝物和美丽的妻子作为奖励，孤苦的继女会因为忍耐和温顺得到财富和出身高贵的丈夫，加害弟弟的兄长和善妒的姐姐却只能自食恶果，而聪明机智的士兵会愚弄愚蠢的地主，得到应有的回报，等等。"在对人的本质和他在社会中作用的判断，并对崇高的本质必胜的肯定中，我们感受到了人民的一致意见"①，而且民间故事在反映人民的价值评价的同时，也在帮助听（读）故事的人形成正确的道德观。这就是民间故事的道德教育功能。

这些体裁间的区别勾勒出民间故事作为独立的民间文学叙事体裁的特征，提供了既与民间文学整体世界图景有相似之处又有区别的故事世界图景的基础。

三、民间故事的分类

将民间故事与其他民间文学体裁区分开之后，我们还需对民间故事本身进行分类。这是因为，民间故事的世界是十分多样的，包含着内容和特征并不相同的类别。在民间文学界将民间故事基本分为三类：

1. **动物故事**（сказки о животных）

"动物故事是以动物为主要人物的故事"②。动物是叙事的客体还是主体，是动物故事区别于其他故事类别的基本特征，即动物是故事的主人公而不是只起到辅助作用。《猫、公鸡和狐狸》（Кот，петух и лиса）、《狐狸和仙鹤》（Лиса и журавль）是比较典型的俄罗斯动物故事。在俄罗斯民间故事中，动物故事所占比重较小，不到全部故事的10%。

2. **神奇故事**（волшебные сказки）

幻想和跌宕起伏的情节是神奇故事最明显的特征。故事中的人物，宝物，以及情节都渗透了超现实性。神奇故事的主人公多为可以战胜蛇怪的伊万王子，在宝马的帮助下娶到公主的伊万傻瓜，能解开各种谜题的美丽的安娜公主

---

① Ведерникова Н. М. Русская народная сказка. Москва：Наука. 1975. С. 23.

② Пропп В. Я. Русская сказка. Москва：Лабиринт. 2005. С. 336.

等。为了更清楚地将神奇故事与其他故事类别区分开，普罗普从结构形态学的角度，将神奇故事中具有顺序性的 33 个人物行为作为神奇故事的稳定元素，突出了神奇故事独有的类别特征。

3. **日常生活故事**（бытовые сказки）

日常生活故事这一类别名称就体现出了该类别故事的特点，即较之上述两类故事，日常生活故事最接近现实世界，反映的是现实农村中的社会问题和生活问题。该类别故事的主人公都是普通人，并且从属于某一社会阶层。社会阶层间的关系和家庭成员间的关系，尤其是夫妻间的关系是该类故事的主要描写对象。没有超现实的宝物或人物，是日常生活故事的特征之一。

从叙事的客体角度可以将上述三类民间故事归为两大类，即关于动物的故事（动物故事）和关于人的故事（神奇故事和日常生活故事），而后两类占到俄罗斯民间故事文本的 90%。因此，绝大部分的俄罗斯民间故事都是以人为中心的。

第三节　民间故事中的世界图景

一、民间文学中的世界图景

在第一节中我们已经提到世界图景的多样性，即不同世界图景的主体和客体可以形成不同的世界形象。在世界图景的众多类别中，我们要研究的是民间故事中的世界图景（сказочная картина мира）。

在分析故事世界图景之前，我们有必要了解一下民间文学中的世界图景（фольклорная картина мира）。

民间文学是民族精神文化的重要组成部分，是民间文化和传统文化的主要代表。民间文学是人民集体创作的口头叙事文学。集体和口头存在形式是民间文学的特点。由于是人民的集体创作，表达的是人民的真实想法，又以口头叙述这一种易于为人民接受的形式存在，因此，受到广大民众的欢迎。几代人所累积的经验、知识和伦理传统在民间文学中得以代代相传。因此，民间文学记录着人们自古以来对世界形成、人与自然、人与人之间关系的认识，能够反映某一民族受到传统民间文化影响的认识习惯和行为标准。“民间文学将世界描绘为理想的规范、稳定的榜样”。这些理想和对世界的认识通过民间文学各体裁的人物形象、他们的相互关系和相应的体裁特征得到具体体现，构成了独特的民间文学世界。实现于民间文学文本，由集体意识建构的完整世界形象即是民间文学世界图景。“民间文学世界图景不是诗学的隐喻，而是科学术语，用来表示特定的民族心智（ментальность）变体”①。

关于对民间文学世界图景的理解，俄罗斯的许多学者都给出了相应的观点，如洛谢夫（А. Ф. Лосев）称民间文学世界图景是决定的美学现实；彼得连科（О. А. Петренко）称民间文学世界图景为保留了伦理模板的完美世界，是被理想化的现实，用来调和人与周围世界的关系，满足人的审美和情感需求②；切尔瓦涅娃（В. А. Черванева）认为民间文学世界图景是“民族观念图景的片段，是以民间文学传统为载体的世界图景之一”③；普季洛夫（Б. Н. Путилов）认为民间文学世界图景是现实的变体世界，是“经过民间文学符号系统对非民间文学材料——神话学和民族学解码产生的结果”④。

民间文学与传统文化密不可分，民间文学世界图景是“传统民间文化世界图景的表现者之一”，而受民间传统文化影响的民间意识定型是民间文学图景的基础。故事世界图景中反映的就是在民间文化的集体承载者中所形成的传统道德观。

民间口头文学的承载者不仅掌握了民间文学作品的母题、体裁特征、基本思想和创作技巧，而且还掌握了综合的民族传统世界观、形象思维的机制、认识世界的规律，并掌握了集体意识中的世界形象。这一点保证了民间文学承载者个体之间的交流和相互理解及建构集体的民间文学世界图景的基础。

民间文学世界图景和其他的世界图景一样，是世界的整体形象，是人精神活动和能动性的结果，因此，民间文学中形成的世界图景并不只是反映世界存在，更是在集体的理念世界中构建独特的，带有人民主观评价色彩的世界形象。在该图景的构建中人民的价值取向起到了重要的作用。因此，民间文学世界图

---

① Хроленко А. Е. Семантика фольклорного слова. Воронеж：Изд – во ВГУ. 1992. С. 18.

② Плахова О. А. Английские сказки в этнолингвистическом аспекте：автореферат дис. кандиданта. Нижний Новгород. 2007. С. 35.

③ Черванева В. А. Пространство и время в фольклорно – языковой картине мира. Воронеж：Воронеж. гос. пед. ун – т. 2004. С. 5.

④ Путилов Б. Н. Фольклор и народная культура. СПб. ：Наука. 1994. С. 122.

景是以其特有的反映和特征丰富着现实生活。

民间文学包括多种体裁，每一个体裁由自身特征构建出与民间文学总体世界图景相同又有区别的世界图景。本书描绘的是俄罗斯民间故事中的世界图景。

二、俄罗斯民间故事中的世界图景

民间故事世界图景是反映在故事中的完整世界形象。民间故事与其他民间文学体裁相比，由于其与神话的亲缘关系、虚构想象特征和娱乐功能，具有流传程度广、时间长的特征。同时，在俄罗斯近千年的历史中，民间故事累积了丰富的文本。在长期的存在过程中，与其他的民间文学体裁相比，故事在娱乐功能之外还承担着民族记忆的功能。人民的创造性使故事在文本的积累中还增添了时代的共时元素。民间故事具有稳定的结构和情节类型，但作为人民集体创作的产物，人民的创造性使民间故事的文本可以随着时代的变化而有所更新，如主人公的对抗者最初是神奇的妖怪，而后来出现的故事中贵族阶层也成为主人公需要战胜的对象。

民间故事的情节具有普遍性、国际性，同时也具有民族特性。俄罗斯民间故事就为我们展示的是俄罗斯的故事世界和俄罗斯人的世界观，呈现俄罗斯人民的“生活方式、家庭生活及他们的道德观念”。

俄罗斯民间故事中神奇的动物、美丽的公主、英勇的王子、机智的士兵，以及他们的传奇经历都给人带来欢乐和审美享受。但故事不仅是娱乐人，故事还能够对人进行道德教育。“民间文学的世界是规范的世界”，是人民道德理想的世界。这在民间故事中体现得更为明显。故事中的人物形象、人物行为和结局就直接表明了人们的道德价值取向。但是应当指出，俄罗斯人民对民间故事人物的评价是从主人公的角度出发的，如伊万王子历险返家的途中遇到为宝物归属争吵不休的巨人，王子看到宝物后十分喜欢，于是用计，让两位巨人分别向两个方向去捡沙子，谁捡的多宝物就归谁，王子趁此机会拿走了宝物。对巨人来说，王子的行为是欺骗的狡诈行为，但是在人们眼中，这是王子勇敢机智的表现。具有道德取向性是表明世界图景主体的主观能动性，是构成世界图景的重要元素，也是民间故事能够永葆生命的重要条件。

建构世界图景需要两个过程：1. 重构，使外部世界形象化、实体化、客体化；

2. 构拟，构造一个新的评价。对于建构俄罗斯民间故事中的世界图景，首先要找到故事图景的客体化载体，然后通过其中的价值取向构建具有俄罗斯民间意识特征的故事世界形象。

俄罗斯民间故事是以人为中心的民间口头叙事体裁。“人”是拥有丰富词语的结构领域（动物属性的人；心灵与理智；作为社会存在的人；社会组织和社会制度），其后是“宇宙”。民间故事图景的组成部分都也是以人为基准，反映人对世界的切身感受、物质和精神活动、愿望和言语等。马克思认为，“人的本质不是单个人所固有的抽象物，在其现实性上，它是一切社会关系的总和”。我国自古也十分重视人与人之间的关系，从家庭成员间到社会团体间都有明确的行为规范要求和主旨精神。俄罗斯民间故事中的“人”同现实社会中的人一样，也处在各种社会关系中。

故事中的人物是多样的，有幸运的伊万傻瓜，有年轻英俊的勇士，当然也有令人生畏的巫婆。按照普罗普（В. Я. Пропп）的故事人物角色理论来讲，这些人物按照自身的功能（функция），可以被分成加害者、赠予者、派出者等。诺维克（Е. С. Новик）则发现，一个故事人物可以成为另一个人物的属性特征，如叶莲娜公主是伊万王子的未婚妻，是王子婚姻属性的特征，也是沙皇的女儿，是沙皇的家庭属性特征。经过我们的进一步观察，故事中的大多数人物都拥有家庭和社会阶层特征，都可以将他们归入相应的家庭关系和社会阶层关系中。这点在故事人物的名字中即可看出，如农民的儿子伊万、伊万王子、水沙皇，玛丽娅公主、商人的女儿，等等。可见，故事中的人物都具有一定的家庭身份，处于一定的社会阶层。科利马斯（И. С. Климас）认为，民间文学世界图景中的体裁区别是由人物名字体现的：按照年龄和性别取得名字；从家庭亲属关系角度定的名字；从等级和社会地位角度定的名字；根据居住地定的名字。民间故事中人物从家庭亲属关系和社会阶层关系角度定的名字也成为民间故事的特征。

此外，故事的情节发展与人物间的家庭关系和社会阶层关系密不可分，如故事男主人公行为的最终目的是寻找未婚妻；继母要加害继女，所以选莫罗兹科做继女的未婚夫；长工智斗地主、富人压榨穷人，等等。民间故事还描绘了人物在家庭和社会中的形象和行为，如子女十分尊重父母，重视父母的话；丈夫用权力教育妻子，有时也处于服从的地位；神父总是农民的对立面，但也经常被机智的长工嘲笑。因此，不同于普罗普认为故事人物不具备丰富的家庭关系的观点,我们认为,在民间故事中,家庭和社会关系对人物的行为起到重要的作用。

综上可见,人和人之间的关系及形象是俄罗斯民间故事主要的描绘内容,也是故事世界图景的物化载体。因此,我们要构建俄罗斯民间故事中的世界形象,就要分析处在民间故事社会关系中的人及其相互关系。

俄罗斯民间故事的核心是人物之间的相互关系,而人物间的相互关系可以通过人物的家庭关系和社会阶层关系得以实现。因此,家庭和社会是故事世界中人存在的两个重要范畴,是故事世界重要的两个组成部分。由这两组关系及反映在其中的价值取向构成的家庭世界图景和社会世界图景是组成民间故事世界图景的两个主要部分。因此,描写俄罗斯民间故事文本中的家庭世界图景和社会世界图景,将会勾勒出体现在故事文本中的俄罗斯人民对人和人与人之间关系的集体认识,能够构建出具有俄罗斯民间情感和价值观的世界形象。

第二章　家庭世界图景

家庭是“由婚姻关系、血缘关系或收养关系而发生的亲属间的社会生活组织”[①]。家庭是社会的细胞，承担着人口生产、执行物质生产、组织经济消费和家庭教育的责任。家庭在社会存在中占有非常重要的地位，是作为社会的人所依存的基本社会单位。人对社会的认识就是从家庭关系开始的，从人一出生开始接触的代代相传的家庭内部行为准则构成了影响着人们生活方式和思维方式。“家庭包含着民族精神统一体，民族记忆和共同命运之间的密切关系”。因此，家庭是认识人以及人与人之间关系的必经途径，是人认识世界的重要基础。家庭关系则是人的世界图景的重要组成部分。对于俄罗斯人民，家庭在民族文化和民族意识中同样占有重要的地位，是主要的传统价值观。俄罗斯人民十分看重家庭，认为家庭是坚固的联合体，是“祖国的第一根基”“家里的粥都是稠的”“家庭和睦最珍贵”“家人在一起，乌云也不让人恐惧”（Когда семья в куче, не страшны и тучи）。传统家庭的成员间还遵守严格的等级和行为规则。早在中世纪出版的《治家格言》（Домострой）就是那个时代教导俄罗斯人民如何持家，遵守家庭伦理规范和行为的准则，处理好家庭成员关系的典型书籍。

在俄罗斯民间故事世界中，家庭对于故事人物同样重要。“与原始神话不同，神奇故事中家庭主题起到十分特别的作用”，“故事中集体主义所占比例下降，对个人命运的兴趣得到提升”。故事中的主人公历经艰辛偷回生命之水，不再像神话英雄一样，为了集体的需要去行动，而是以解救自己的父亲为目的。为了奖赏他的勇敢，他会娶到美丽的公主，建立自己的家庭。在日常生活故事中，家庭主题，尤其是夫妻关系，同样重要。因此，家庭关系成为故事人物关系的核心，影响着人物间的冲突和情节发展。

---

① 章人英主编《社会学词典》，上海辞书出版社，1992，第490页。

故事的开头往往就先点明出场人物的家庭关系，“在很远的地方有一位沙皇，他有三个女儿和一个儿子”①“在某一个国家里面住着一位王子，名叫伊万，他有三个姐姐”②“从前生活着一位富农和他的妻子”③。人物的名字中也会表明其家庭状况，如农民的儿子伊万、寡妇的儿子马丁，或直接用亲属关系来称呼人物，如商人的女儿，等等。故事情节的发展与人物的家庭关系同样密不可分。年轻的主人公离开父母家，到“另一个世界”（иной мир）历险后，都会为自己寻找到未婚妻，然后结婚，建立自己的新家庭；继母总是刁难孤女，而孤女会得到来自亲生母亲的帮助；父亲会派自己的儿子寻找失踪的妻子，等等。在故事中，即使非人类的另一个神奇世界里也存在着家庭关系，如巫婆的女儿会帮助巫婆烧水，吃掉主人公；巨人通常都是兄弟俩等。可见，血亲和姻亲组成了故事人物关系的核心。因此，家庭世界图景是组成民间故事世界图景的重要部分。

民间故事中的家庭世界图景由各个家庭成员的形象、彼此的相互关系，以及体现在其中的民间价值取向和道德伦理构成的。因此，解析故事家庭世界图景应当解析故事世界中家庭各成员的行为规范、相互关系及其中的价值取向。

第一节　未婚夫与未婚妻

在故事世界，主人公的行为过程可以被看作是从离开与父母生活的家庭为开始，到建立自己的家庭为结束。主人公离家历险，经历的各种考验都是为了缔结婚姻。故事的结局也多是王子娶到公主，商人的女儿嫁给沙皇，“举行愉快的宴会和婚礼”，得到众人的祝福，从此“恩爱和睦地生活在一起，彼此一分钟都不能分开”④。因此，婚姻对于故事中的人物来说是第一位的。要想确立婚姻，必须要为自己找到未来的伴侣。缔结婚姻都是美好的，但进入婚姻殿堂前的过程却是曲折的。这个确立爱情的过程在故事发展中占有重要的位置。在男女主人公的身份中，未婚夫和未婚妻的身份在故事中最有代表性。

---

① Афанасьев А. Н. Народные русские сказки. Москва：Наука. 1984. Т. 1. С. 262.

② Афанасьев А. Н. Народные русские сказки. Москва：Наука. 1984. Т. 1. С. 254.

③ Афанасьев А. Н. Народные русские сказки. Москва：Наука. 1984. Т. 1. С. 222.

④ Афанасьев А. Н. Народные русские сказки. Москва：Наука. 1984. Т. 1. С. 303.

一、未婚夫

未婚夫是“有未婚妻的男人,未来的丈夫;寻找未婚妻,有结婚打算的男人”①。

俄罗斯故事中的未婚夫都是适婚年龄的单身年轻男子。他们一定是相貌英俊、仪表堂堂的“好青年”。即使在故事的开端,他们是貌不惊人,邋遢的,只知道躺在火炕上休息的“傻瓜”,但在追求未婚妻的过程中和故事的结尾,也会借助神奇的动物或其他宝物变成“穿着彩衣,无法用语言描述,让人想不到也猜不到的”帅小伙。故事中常用“молодой молодец”“сокол”“больно хорош собою”等词语来形容未婚夫的外形,如果被主人公劫来的公主发现主人公是个“美男子”,就很快破涕为笑,同意嫁给他。可见,男主人公的外貌与女主人公的外貌一样,对于缔结婚姻同样是重要的。在人们眼中,理想的未婚夫从外形上也应当是完美的。

故事中的男主人公最后都能为自己找到未婚妻。但是,男主人公行为的最初动机却不同。

1. 寻找未婚妻不是男主人公行为的最初目的和动机

这种情况是指男主人公最初是为了达到其他的目的而采取行动,但是这些行为的结果却使自己找到了未婚妻。男主人公最初的目的有:

(1)男主人公为了做生意而出门。《买来的妻子》(Купленная жена)故事中的男主人公由于受他人教唆,败光了从商父亲留下的店铺和财产。为了赚钱和养活母亲,商人的儿子请求同样经商的叔叔带他去海外经商。到了商船停泊的某个城市,去市场买货的男主人公遇到了一位老人,“把你的钱给我,我让你拥有你生来从未见过的商品”。商人的儿子被老人说服,但被带到城市尽头的一座花园里时才发现,这个商品竟然是一位美丽的姑娘。同样的事情发生了三次,商人的儿子最终承认,“这就是我的命运”,于是美丽的姑娘成为他的未婚妻。

(2)男主人公为了完成某人所赋予他的使命。男主人公得到未婚妻是因为

① Ушаков Д. Н, Толковый словарь русского языка. http://slovari. yandex. ru/dict/ushakov/% D0 %96.

他首先完成了沙皇或公主的命令，如沙皇派射击手为他找到火鸟又命令射击手再到遥远的地方为他带回美丽的公主做未婚妻。但是将公主带回后，公主并不喜欢年老的沙皇，而喜欢年轻的射击手，最终公主成为射击手的未婚妻。射击手虽然是为沙皇去寻找未婚妻，但是他的机智和胆量高于沙皇，又比沙皇年轻，因此，真正配得上美丽公主的是射击手。又如，士兵遇到一位远方国家的公主，她的国家被魔鬼掌控，她请求士兵帮助她摆脱魔鬼的纠缠。士兵克服了魔鬼带来的恐惧，完成了使命，被咒语石化的国家和臣民都恢复原样。公主和将军为了感谢他，“让士兵成为君主。第二天士兵娶了美丽的公主”①。

(3)男主人公为了完成父母的意愿。在《三个王国：铜王国、银王国和金王国》(Три царства—медное，серебряное и золотое)中，妻子被一阵狂风带走后，沙皇十分忧伤。在儿子长大后，沙皇请求儿子为自己找回妻子。儿子在寻找母亲的过程中，解救出同样被蛇怪抓住的美丽的叶莲娜公主，最终成为她的未婚夫。还有的是，年老的沙皇想要重新变得年轻，就请求儿子为他找到“长生苹果”(молодильное яблоко)，王子在寻找苹果时，爱上了苹果的拥有者——叶连娜公主；王子由于担心母亲的健康，就听从母亲的命令，到非常遥远的国家带回生长期为一个月的苹果(одномесячное яблоко)，在那里遇到了女皇，两人相互钟情，“互相拉着手进入宫殿”②，并且订了婚。

(4)男主人公为了去打猎。沙皇喜爱的神射手原本是去森林里打猎，结果遇到了会说话的小鸟。这只小鸟被射手带回家后变成了美丽的女子，嫁给了射手。

2. 主人公行为的目的就是为自己找到未婚妻

有时故事中男主人公会明确表明他要结婚的打算，如伊万王子会将自己想要结婚的愿望直接对他的男仆说：“橡树帽子卡托马男仆，我一个人很无聊，我想要结婚”③。想要结婚的沙皇会对商人发牢骚，“为什么我没有找到未婚妻呢?”④。

有了结婚的打算，男主人公就会为自己选择未婚妻。伊万王子在见到玛丽亚的画像后，“立刻爱上了她”，以至于“没有她我就活不下去”，马上决定娶她为妻；“商人的儿子伊万穿上那件神奇的衬衫，骑到勇士般强壮的马上，出发去

---

① Афанасьев А. Н. Народные русские сказки. Москва：Наука. 1984. Т. 2. С. 355.
② Афанасьев А. Н. Народные русские сказки. Москва：Наука. 1984. Т. 2. С. 111.
③ Афанасьев А. Н. Народные русские сказки. Москва：Наука. 1984. Т. 2. С. 72.
④ Афанасьев А. Н. Народные русские сказки. Москва：Наука. 1984. Т. 1. С. 138.

向美丽的叶连娜求亲"[1];农民的儿子会向父母表明自己要找到未婚妻的决心,"请祝福我吧,我要自己去寻找我的命运"[2]。

故事中的男主人公基本都是按照自己的意愿寻找未婚妻,没有受到父母决定的影响。只有极个别的情况是按照父母的意愿寻找未婚妻,如《青蛙公主》(Царевна - лягушка)里的王子就是听从父皇的命令,谁送回他射出的箭,谁就是他的未婚妻;《女沙皇》(Царь - девица)中的瓦西里王子的未婚妻是由死去的父母为他选定的女沙皇,"瓦西里王子,请听我们说! 你亲生父母还在世时,他们为你寻找了很长时间的未婚妻,最后终于找到了——在很远很远的地方,你的父母替你向女沙皇提亲,并且达成协议:你非她不娶,她非你不嫁"[3]。

不论男主人公最初的目的是否是为自己找到未婚妻,最后能够按照自己意愿寻找未婚妻的男主人公都会通过以下几种方式实现建立家庭的愿望:

第一,经受考验。

大部分男主人公虽然可以自主选择未婚妻,但在绝大多数的民间故事中,男主人公只有经受住严格的考验,才能娶到未婚妻。需要经受的考验一般有:

(1)打败妖怪,解救公主。在这类故事中,公主在故事中都会遇到危险。公主在故事的开端被蛇怪劫走,或是受到妖怪的威胁。为了将公主解救出来,男主人公必须勇敢地面对强大的对手,在助手的帮助下,凭借自己勇士般的力量,打败蛇怪,成功将公主从蛇怪手中解救出来。例如,沙皇受到蛇怪要灭掉国家的威胁,又没有人能够为其分忧,只能将公主送往蛇怪那里。伊万王子得知后跟随前往。在蛇怪来抓公主时,"公主叫醒沉睡的伊万王子,王子一跃而起,一次就砍下了蛇怪所有的头"[4]。公主得以解救。

公主遇到的妖怪不仅有蛇怪,还有魔鬼。魔鬼会纠缠公主,让她不得安宁。只有能够忍住魔鬼制造的各种恐惧的主人公才能将公主解救出来,公主的父亲才会同意将女儿嫁给他为妻。《石化的王国》(Окаменное царство)、《被诅咒的公主》(Заколдованная царевна)中主人公经受的就是该类难题的考验。在这项考验中,男主人公虽然没有勇士的力量,但是有过人的勇气和胆量,这同样是

① Афанасьев А. Н. Народные русские сказки. Москва: Наука. 1984. Т. 2. С. 119.
② Афанасьев А. Н. Народные русские сказки. Москва: Наука. 1984. Т. 2. С. 212.
③ Афанасьев А. Н. Народные русские сказки. Москва: Наука. 1984. Т. 2. С. 230.
④ Афанасьев А. Н. Народные русские сказки. Москва: Наука. 1984. Т. 1. С. 135.

成为未婚夫的条件。

(2)与未婚妻进行较量。男主人公要想得到未婚妻,不仅要接受来自妖怪的挑战,还要与未来的妻子进行比试较量。较量的内容一般有:

① 智力较量。男女主人公对智力的较量体现在猜谜能力上。谜题是未婚妻公布的择偶条件,“如果有人让她猜谜语,她猜出来,就杀死出题人;如果猜不中,她就嫁给他”①。男主人公总是会想出各种谜题,如“我们来的路上看到路边有个东西,我们用东西拿起东西,然后放入东西中”,让未婚妻猜不出答案,如愿以偿地娶到了未婚妻。

② 体力较量。强势的未婚妻,如女勇士(богатырь－девка)、神奇世界的公主等会要求未婚夫展示出自己勇士般的力量。“美丽的安娜叫来伊万王子,对他说:‘我们在准备婚礼,你帮我一个小忙,我的王国里有一大根生铁的柱子,你把它拖到王室的厨房,砍成柴火,用来煮饭’。伊万王子在助手的帮助下完成了此项艰难的任务,并且在婚礼当天骑到未婚妻提供的‘强壮良驹’身上时,宝马的头撞到地上……步伐沉重,汗如雨下”②,公主不得不承认他的大力。

③ 法力较量。这表现在男主人公要躲避未婚妻的追踪。在该类故事中,男主人公跟踪魔鬼的女儿却发现了美丽的公主时,男主人变身成小鸟偷偷接近她,结果惹怒了美丽的公主。公主有一本神奇的书(волшебная книга),可以告诉她世上的一切事情。她给男主人公三次机会躲过神奇书的魔力。失败了两次后,男主人公变成了别针,别在神奇的书上。公主只得承认,“我聪明,你比我还聪明”③。躲藏的实质是“未婚夫和未婚妻之间较量魔法和机智,双方都是强大的巫师,但男主人公更胜一筹”④。

在与未婚妻的较量中,男主人公都能占得上风,驯服未婚妻。男主人公的胜利证明了他缔结婚姻的资格和高于未婚妻的能力。

(3)完成未婚妻及其父亲提出的难题。除上述两项外,还有其他的难题需要未婚夫去解决。沙皇通常会在全国颁布告示,提出要想娶到公主所经受的考验。例如,在一夜之间建造一座宫殿;从原木后面的房子中摘得公主的画像;亲

① Афанасьев А. Н. Народные русские сказки. Москва:Наука. 1984. Т. 2. С. 72.
② Афанасьев А. Н. Народные русские сказки. Москва:Наука. 1984. Т. 2. С. 75.
③ Афанасьев А. Н. Народные русские сказки. Москва:Наука. 1984. Т. 2. С. 250.
④ Пропп В. Я. Исторические корни волшебной сказки. Москва:Лабиринт. 2005. С. 281.

吻住在教堂里的公主的额头;替亏空的国库还债;说出公主身上的特征,等等。

在后两项考验中,男主人公的助手发挥了重要的作用。例如,《无腿勇士和盲勇士》(Безногий и слепой богатыри)中为伊万王子想到难倒美丽的安娜的谜题,又帮他制服将要考验王子力量的宝马,为王子赢得心仪已久的公主;拥有专长,如可以喝很多水,可以吃很多东西的奇人帮助王子躲过了未来岳父的各种致命难题;神奇的动物,如宝马、灰狼、小狗等会帮助男主人公娶到心仪的姑娘。

男主人公之所以能够得到神奇助手的帮助,是因为其自身的善良、同情心和对父母的尊重。因此,虽然助手在婚姻考验中帮助了男主人公,但是还是因为男主人公自身的正面品质决定了最后的结果。

第二,男主人公偷来未婚妻。

偷或骗也是故事中的男主人公得到未婚妻的一种方式,这是古时抢亲风俗在故事中的体现。如在林中休息的伊万坐在一棵灌木下面,结果"五分钟不到,叶连娜和女仆飞到了湖边,她们脱去自己翅膀,放到灌木丛旁边,然后跳到水里游泳。伊万悄悄地偷走翅膀,从灌木从下面钻出来,大声喊道:'现在你们在我手里了!'",叶连娜只好同意嫁给他。到湖边打猎的射击手发现正在游泳的姑娘摘下的翅膀,就偷偷地藏了起来。找不到翅膀的女孩大声呼喊:"谁拿了我的翅膀?如果是老人,就请做我的父亲,如果是老婆婆,就请做我的母亲;如果是年轻男子,就请做我的爱人"。听到这句话后,射击手将翅膀还给了姑娘。姑娘信守诺言,成为他的妻子。

在故事《盐》(Соль)中,商人的儿子伊万到某个国家卖盐,爱上了该国的公主。他利用给公主展示船上商品的机会,趁公主不备,扬帆起航,顺着海风,迅速驶离了城市。

偷或骗来的未婚妻本身并没有结婚的意愿,但是事实发生后,也会和未婚夫和解,美满地生活。

第三,买到未婚妻。

前文已提到,原本是要购买商品的商人儿子,三次都遇到了同一样商品——姑娘,结果只好用300卢布从一位老人那里买走一位公主。"买妻子"的情节与现实的古斯拉夫民族的一种结婚仪式有关。同时,将未婚妻称为商品也是俄罗斯民间提亲时的一种"暗语"。媒人在提亲时,常说"你手里有商品,我手里有买主"。

第四，善良的奖励。

这类未婚夫是指原本要打算射杀一只小鸟，但在小鸟的哀求下放过了它。没想到这只小鸟变成了美丽的姑娘，最后嫁给了他。

后两种未婚夫得到未婚妻的方式是偶然的，但也证明未婚夫是"命中注定的"（суженный）。

在故事中，有时男主人公通过了所有婚前的考验，但他的历险还未结束，不能立刻组建自己美满的家庭。这是因为，男主人公还面临着竞争者。男主人公的竞争者有自己的亲兄弟和结义兄弟、贵族、将军、运水工等。这些竞争者有一个共同的特征：夺取男主人公的功绩，用威胁的方法迫使男主人公的未婚妻不要说出真相。例如，兄弟切断男主人公从山上下来的绳索，将男主人公留在了山上，带走了他的未婚妻；运水工用到刀逼着男主人公的未婚妻发誓，说蛇怪是他杀掉的，他是她的未婚夫。抢夺男主人公未婚妻的一般都是不会魔法的普通人，他们使用的往往都是杀害、威胁和欺骗等恶劣招式。他们的邪恶行径最终都会被揭穿，因为真正的未婚夫会凭借未婚妻留给他的信物，战斗时留下的伤疤或者未婚夫手中握有的蛇怪的尸体证实自己未婚夫的身份，而假冒的未婚夫都会受到严惩。

经过以上描述可以看出，故事中的未婚夫可以分为三个类型：

（1）未婚妻的拯救者，即战胜妖怪，使未婚妻摆脱危险；

（2）未婚妻的战胜者，即从智力、力量等能力上优于未婚妻；

（3）未婚妻的劫持者，即用偷或骗的方式得到未婚妻。

不论属于上述哪一种类型，不论男主人公最初是否有成家的意愿，要想成为未婚夫，男主人公必须要经历各种考验，在考验中展示自己的过人能力，如拥有机智、聪明、善良、坚持、强壮的身体力量、英雄主义，等等。男主人公的社会地位在通往婚姻的道路上处在次要位置。优秀的品质和能力能够帮助未婚夫克服重重考验，得到与之相配的美丽智慧的未婚妻，完成他们历险的最终目的——建立家庭。

二、未婚妻

故事中的未婚妻都是年轻的女性。她们首要的特点是美貌，"美得无法描述，你想不到有多美，你也猜不出有多动人，只有故事中才有这样的美女""这样的美女故事中都没有描述过，用画笔更是描绘不出来”“这个世界上再找不出第二个像她这么美的人了”“她是全村的第一美女，变得越来越丰满和美丽”，等等。许多男主人公就是因为女孩的美丽，所以立刻决定娶她为妻。例如，被赶出家门的女儿、姐妹，或是流浪的女主人公，与商人的儿子、王子或沙皇在森林中偶遇。男主人公被女子的美貌打动，决定娶她为妻，“王子见到这位完美的女孩，决定把她带在身边，领回家，安置在特殊的房间中，从此哪都不去，就留在家里”①。仆人向沙皇报告，花园里有一位美丽的少女，沙皇见过后就喜欢上了她，娶她为妻，“沙皇一见到瓦西里萨（Василиса）就爱上了她。沙皇说：‘我不能和你分开了，你做我的妻子吧’”②。有时男主人公只是看到公主美丽的画像就决定娶她为妻，“伊万王子看见了玛丽亚公主的画像，就在那一刻，王子爱上了她”③，并决定非她不娶。

除了美丽、心灵手巧、善于做家务也是未婚妻的特点之一，例如，“瓦西里萨坐下来纺织，她出色的手工，丝线织出来既匀称又细密，就像头发一样”，她织出来的作品，“除了沙皇，谁也不配佩戴”④。美丽的姑娘能够织出“世人从未见过的奇妙毯子，毯子上织有整个王国、城市、乡村、河流和湖泊”⑤。可怜的孤女在出嫁前就会做所有的家务，但是会女红不是未婚妻唯一或必须具备的特征。有的未婚妻具有很强的能力，例如，聪明，可以猜出很多谜语；力气大，是女勇士；会魔法，能够生出神奇的孩子，等等。

对未婚妻的另一个重要要求是纯洁。女子在出嫁前失去贞操被认为是家人的耻辱。诬陷女子行为不检点是故事中的负面人物阻止其婚姻的惯用手段，“我和这个女孩玩过爱情游戏，完全是个放浪的女人”⑥。

俄罗斯民间故事中的未婚妻可以分为以下几个类型。

1. 感恩型的未婚妻

该类型的未婚妻多指被男主人公解救的未婚妻。男主人公对未婚妻的解救既指将其从妖怪手中解救出来，也包括帮助其摆脱生活困境，如商人的儿子

---

① Афанасьев А. Н. Народные русские сказки. Москва：Наука. 1984. Т. 2. С. 369.
② Афанасьев А. Н. Народные русские сказки. Москва：Наука. 1984. Т. 1. С. 109.
③ Афанасьев А. Н. Народные русские сказки. Москва：Наука. 1984. Т. 2. С. 322.
④ Афанасьев А. Н. Народные русские сказки. Москва：Наука. 1984. Т. 2. С. 108.
⑤ Афанасьев А. Н. Народные русские сказки. Москва：Наука. 1984. Т. 2. С. 134.
⑥ Афанасьев А. Н. Народные русские сказки. Москва：Наука. 1984. Т. 3. С. 74.

娶了被兄弟砍断手的女孩，贵族娶了受尽继母折磨的继女等。第二种情况改变的不仅是未婚妻的婚姻属性，她的社会属性也会发生改变，她的社会地位会借助婚姻而得到提高。不论是哪一种情况，未婚妻对待自己的拯救者都表示感激，因此不会对未婚夫和与其缔结婚姻构成阻碍，相反，十分愿意嫁给善良、勇猛的未婚夫。

2. 助手型的未婚妻

未婚妻对未婚夫的帮助主要体现在她会帮助未婚夫完成难题考验，例如：《伊万・贝科维奇》(Иван Быкович)中被蛇怪抢走的公主在蛇怪的住处见到男主人公后，为了保护他的安全，设法将其藏起来。为了能让男主人公更轻松地战胜蛇怪，公主还会巧妙地问出蛇怪力量的来源和让力量消失的方法。这些都能帮助男主人公成功地战胜蛇怪，救出成为自己未婚妻的公主。海沙皇(морской царь)的女儿智慧的瓦西丽萨也会不顾父亲的反对，偷偷地帮助伊万王子完成难题，并且帮助王子逃离父亲的加害。

3. 对手型的未婚妻(与男主人公较量的未婚妻和被偷来的未婚妻都属于该类型)

可以与男主人公进行较量的未婚妻多为聪慧，拥有大力或魔力的女子。她们会提出迎娶自己所需要达到的条件，如果前来求婚的人达不到要求，就会被处死。对待能够在能力上战胜她们的未婚夫，她们则会有两种不同的表现：一种是记仇、伺机报复，如婚礼后便让丈夫去干粗活。另一种是接受事实，真心地嫁给男主人公，如女勇士说："好吧，伊万王子，现在你可以娶我了"①。

被偷来的未婚妻虽然开始并不满意该结果，会感到无奈。但是发现无法改变现实后会欣然接受婚姻的安排，成为幸福的妻子和丈夫的助手。

4. 主动型的未婚妻

民间故事中的多数未婚妻在缔结婚姻的过程中都是被动的。她们的婚姻是由父亲决定或是被动地等待命中注定的未婚夫的到来。但是也有一种类型的未婚妻表现出了主动性。她们集中在《雄鹰的羽毛》(Перышко Финиста ясна сокола)的故事类型中。这类故事以女性为主要人物。女主人公首先提出需要羽毛或是珍奇的花。由于这两样东西都属于男主人公，因此，和男主人公

① Афанасьев А. Н. Народные русские сказки. Москва：Наука. 1984. Т. 1. С. 96.

结识,定下情缘,“晚饭后所有的人都回房间睡觉了,小女儿回到自己的房间,打开小盒子——雄鹰的羽毛就从盒中飞出,落到地上,变成了英俊的小伙子。他们彼此说着甜言蜜语①,“亲爱的每天晚上你把小红花放到窗台上,我就会飞到你身边!”②。可是由于姐姐们的破坏,未婚夫飞到了遥远的地方。未婚妻就不辞辛劳,定了三双铁鞋,出发去寻找未婚夫,最终找回了未婚夫。该类行为与未婚夫寻找未婚妻所经历的考验是同一性质。

民间故事世界中的未婚妻体现出俄罗斯传统社会人民对理想女性、理想妻子的要求:美丽、善良、温顺、能干、对未婚夫忠贞不渝,能够极力帮助未婚夫、朝气蓬勃,等等。

从故事世界图景中,未婚夫和未婚妻的形象及其相互关系中可以看出,故事世界更多的是从男性权威的角度来看待未婚夫和未婚妻的行为表现,强调男性要在能力和权力上高于女性。即使有未婚妻具有超凡的能力,但最终还是被男性驯服。

第二节　丈夫与妻子

俄罗斯民间故事中的核心家庭都是小家庭,即只有夫妻及其未婚子女的家庭。夫妻关系则是其中主要的家庭关系。故事中有缔结婚姻多年的夫妻,如“有一位老爷爷和老奶奶”“很远的国家中住着沙皇和皇后”。这样的夫妻属于年长的夫妻,是年轻主人公的父母,他们常称呼彼此“老头子”“老婆子”或“男主人”“女主人”。也有在故事的情节发展中缔结婚姻的年轻夫妻,如射击手娶到了智慧的妻子,农民的儿子娶到公主等。年长的夫妻和年轻的夫妻都是故事中夫妻关系的重要组成部分。

在故事中,对丈夫和妻子在家庭中的地位和形象有着不同的描述。

一、丈夫

1. 握有夫妻关系主导权的丈夫

在故事里的家庭中,丈夫是家庭的统治者,是一家之主,妻子应对丈夫言听

---

① Афанасьев А. Н. Народные русские сказки. Москва:Наука. 1984. Т. 2. С. 237.

② Афанасьев А. Н. Народные русские сказки. Москва:Наука. 1984. Т. 2. С. 242.

计从。丈夫会明确要求妻子做某事,妻子则服从丈夫安排。离家当兵的丈夫嘱托怀孕的妻子:"听着,妻子,要好好地活着,不要嘲笑善良的人,不要让家庭蒙羞,好好管家,等着我。这是给你的50卢布,不管生男孩还是女孩,这些钱都要保管到他们成年"①。在丈夫离家后,妻子完全按照丈夫的嘱托去做。丈夫要求妻子绝对服从自己的例子反映在《牧羊人的女儿》(Дочь пастуха)故事中。故事中沙皇爱上了美貌的牧羊女,想娶她为妻。但条件是牧羊女必须完全顺从于他,哪怕有一句反驳的,就要杀掉牧羊女。婚后,沙皇假装杀死他们的孩子并要娶别人为妻。但牧羊女竟然完全忍受了下来,最终得到了幸福。

因为丈夫拥有对妻子的控制权,丈夫可以随意惩罚妻子。丈夫在对妻子的言谈中透出对妻子的轻视,经常命令和威胁妻子,如丈夫会教训妻子,"住嘴,老太婆!"②"听着,要爱护这只鸡胜过爱护眼睛,如果它(母鸡)不见了,你的脑袋就不保了!"③。

但丈夫更多的是体罚妻子。惩罚由丈夫亲自执行,或由丈夫的助手来完成。对于不尊重丈夫,或让丈夫处于从属地位的妻子,丈夫或丈夫的助手会用鞭子或者其他工具来教训妻子,例如,妻子没有按照丈夫的嘱托善待看家护院的小狗,丈夫十分生气。回家后躺在床上越想越气,于是"他不想做一个傻瓜,他从床板上跳起,用鞭子教训妻子"④。如果妻子顶撞丈夫,丈夫也会教训妻子,"丈夫想要教训妻子,拿起鞭子就要打妻子"⑤。

如果丈夫娶到的是比自己更有力量的妻子,那么,妻子会不服从丈夫的意志,相反,会派身为王子的丈夫去"看猪"。在这种情况下,丈夫没有能力惩罚妻子,让她听话,只有丈夫的助手可以帮助他教训妻子,"布里亚勇士的儿子伊万对王子说:'如果你想要活着,就让我替你治治公主'",他准备了用铁、铜、锡制的三根鞭子,装作王子躺到公主身边,然后抓起三根鞭子就抽打公主,直到把三根鞭子打断;"贫穷的伊万一把抓住公主的辫子,把她拖到院子里到处走"⑥。

有时年老的丈夫需要宝物才能惩罚妻子,"从袋子中钻出两个拿着大棒子

① Афанасьев А. Н. Народные русские сказки. Москва:Наука. 1984. Т. 1. С. 278.
② Афанасьев А. Н. Народные русские сказки. Москва:Наука. 1984. Т. 2. С. С. 55.
③ Афанасьев А. Н. Народные русские сказки. Москва:Наука. 1984. Т. 2. С. 55.
④ Афанасьев А. Н. Народные русские сказки. Москва:Наука. 1984. Т. 1. С. 226.
⑤ Афанасьев А. Н. Народные русские сказки. Москва:Наука. 1984. Т. 1. С. 166.
⑥ Афанасьев А. Н. Народные русские сказки. Москва:Наука. 1984. Т. 1. С. 170.

的人，开始殴打老太婆，一直打的她屁滚尿流……老头子只是笑着说‘他们是在教训你！’这两个袋子里的人还强调说‘不要打老头！不要打老头！’”①。

被打的妻子都受到了教训，不管是村妇还是公主，都不敢再不听丈夫的话了，“妻子平静了下来，不敢再缠着丈夫问东问西”②“公主求饶，发下重誓，再也不做伤害欺侮丈夫的事情了”③“公主悔过，发誓一切都听丈夫的”④“公主忏悔了自己的罪行，发誓永远爱王子，一切都听王子的”⑤。

故事中丈夫或其助手对妻子“用鞭子抽”“拽着辫子拖打”的教育方式正是某些俄罗斯传统社会丈夫对待妻子的态度和方式的真实写照。在传统的俄罗斯社会中，丈夫是主人、是妻子的统治者，妻子应完全顺从丈夫的思想，可以说是深深地植入人民的意识之中。女孩自小起就被灌输男尊女卑，女人要服从男人、对丈夫言听计从的思想，以至于“女人不知道自己还有其他的权利，她们相信自己生来就是为了让丈夫打的，甚至认为殴打是爱的标志”⑥。女人常说，“爱谁就让谁打你，如果丈夫不打你，意味着，丈夫不爱你”“不要相信田野中的马，不要相信自由的女人”。可见，没有自由意志就是女人的特性。此外，丈夫也被教育成要打妻子。“打妻子不仅不是不道德的，反而是丈夫的道德义务”⑦。在传统的俄罗斯婚礼上，还有岳父向女婿递交鞭子的仪式。岳父会将鞭子交到女婿手中，同时对女婿说：“以前是我教训女儿，现在由你来教训妻子了”。不打妻子的人被认为是不会管理好家的象征，是自取其辱。故事中的公鸡都取笑管教不了妻子的丈夫，“母鸡跑回鸡窝，公鸡在它们后面啄打这个，啄打那个，还自言自语，‘我这就和你们算账！要知道我可不是我们主人那样的笨蛋，连一个妻子都管不了！我有三十多个妻子，只要我想，所有人都能收拾得了’”⑧。《治家格言》中竟然还建议丈夫怎样打妻子，文中讲到，不要用拳头打女人的脸和眼睛，用鞭子打才是合理的，因为这样既让妻子感到了疼痛和恐惧，

---

① Афанасьев А. Н. Народные русские сказки. Москва：Наука. 1984. Т. 2. С. 28.

② Афанасьев А. Н. Народные русские сказки. Москва：Наука. 1984. Т. 1. С. 226.

③ Афанасьев А. Н. Народные русские сказки. Москва：Наука. 1984. Т. 1. С. 134.

④ Афанасьев А. Н. Народные русские сказки. Москва：Наука. 1984. Т. 1. С. 73.

⑤ Афанасьев А. Н. Народные русские сказки. Москва：Наука. 1984. Т. 1. С. 65.

⑥ Костомаров Н. И. Домашняя жизнь и нравы великорусского народа. Москва：Экономика. 1993. С. 141.

⑦ Костомаров Н. И. Домашняя жизнь и нравы великорусского народа. Москва：Экономика. 1993. С. 140.

⑧ Афанасьев А. Н. Народные русские сказки. Москва：Наука. 1984. Т. 2. С. 266.

也达到了教育妻子的目的。因此，丈夫常常在腰间挂着专门用来打被称作傻瓜的妻子的鞭子。沙皇加冕时，主教也会向沙皇宣读符合东正教教会道德基础的劝诫，"妻子应当无条件地顺从丈夫"，可见，公主和王后的日子也不好过。在这种男权专制思想的影响下，故事中丈夫对妻子的教训和考验被认为是理所应当的，妻子本就应当遵从丈夫的意志。妻子受到教训，才会发誓听丈夫的话，才会惧怕丈夫，"妻子想了很久，由于惧怕自己的丈夫，不敢这样做"①。因此，故事中丈夫殴打妻子被认为是天经地义，只有经过此番经历，夫妻才能"和睦地生活在一起"。

2. 忠诚的丈夫

在恩爱的夫妻中，丈夫对妻子充满了爱，能够忠于妻子，例如：丈夫由于没有遵守妻子的禁令。将她（青蛙公主）的动物外壳烧掉，或进入妻子禁止其进入的房间，"你可以到处走，到处看，但只有这个房间不能看"②，结果失去了妻子。丈夫十分后悔和想念妻子，因此出发去寻找失踪的妻子，"不管发生什么事，我一定要找到她""没有她我活不下去"。人们会支持丈夫不畏艰辛地寻妻行为，"不枉你这样奔走，像玛丽亚·莫列夫娜（Марья Моревна）这样的美女，全世界找不出第二个"③。通常在婚后经历磨难，才能找回妻子，可见，对于男性来说，要想娶到妻子必须要付出努力，这之后才可以幸福地生活在一起。

3. 细心的丈夫

故事世界中妻子的继母或巫婆嫉妒妻子，会用魔法将妻子变成动物或害死妻子，然后假冒其身份，如"玛丽亚公主想探望父亲，她和丈夫伊万王子到父亲那里做客。继母却把她变成了一只鹅，然后把自己的大女儿装扮成玛丽亚的模样，取代他妻子的位置"④等。

丈夫可以通过各种细节，如注意到妻子的弟弟每天都去海边，跟踪后发现被害死的妻子和弟弟的对话，继而发现了真相；或是听到被变成白鸭子的妻子的哀鸣，引起了他的注意，仔细听取白鸭子的歌声，发现鸭子才是真正的妻子；丈夫还会跟踪每天带着他的儿子去森林中的老人，最后发现了变成野兽的妻

① Афанасьев А. Н. Народные русские сказки. Москва：Наука. 1984. Т. 2. С. 157.
② Афанасьев А. Н. Народные русские сказки. Москва：Наука. 1984. Т. 2. С. 205.
③ Афанасьев А. Н. Народные русские сказки. Москва：Наука. 1984. Т. 2. С. 207.
④ Афанасьев А. Н. Народные русские сказки. Москва：Наука. 1984. Т. 1. С. 98.

子。发现真相的丈夫会立刻抓住妻子,烧掉妻子脱下来的动物皮或者用生命之水解除妻子身上的魔法等方式,重新和真正的妻子生活在一起。

忠诚的丈夫和细心的丈夫都能将妻子从困境中解救出来,成为妻子的拯救者。

通过对丈夫的家庭地位和形象的分析,可以看出,在俄罗斯民间故事家庭中,对丈夫的要求是能够把握住夫妻关系的控制权,应当把教训妻子当作自己的责任。但是同时要求丈夫关爱和忠于自己的妻子,在妻子需要他时能够成为妻子的拯救者。

二、妻子

作为夫妻关系的另一方的妻子在民间故事的夫妻关系中表现为:

1. 握有夫妻主导权的妻子

故事中的夫妻关系中不仅只有丈夫领导妻子的情况,也有妻子地位高于丈夫的情况。故事家庭的妻子在夫妻关系中的主导地位首先通过妻子对丈夫具有轻视和贬义色彩的称呼可以看出,如妻子称丈夫为"老家伙""老鬼""老狗"等。即使丈夫赚钱养家,但妻子对待丈夫态度依然恶劣,会打骂丈夫。"老太婆扑向他(老头子),骂了起来:'你这个老鬼! 完全疯了! 孩子们没有面包吃,你却买了一只母鸡,要知道还要喂它!"①"老太婆总是骂老头子,不论哪天,不是要用扫帚就是用炉叉痛打老头子,老头子从老太婆那完全得不到安生"②。

妻子的主导地位还表现在:

(1)妻子会指使丈夫满足自己的意愿。后母与继女的故事类型经常连带着体现这样的夫妻关系。丈夫对后娶妻子的要求都会满足,即使心中有不满,也不予反抗,如《莫罗兹科》(Морозко)故事中,后妻让丈夫的亲生女儿做所有的家务活,丈夫虽然心疼女儿,但"老头子不知道,怎样帮助女儿解除烦恼"。当老太婆对丈夫说:"老头子,把玛尔弗莎带到未婚夫那里去……把她嫁给莫罗兹科!"时,老人虽然同情女儿,但还是照做,将女儿送到寒冷的森林中。在《唠叨的老太婆》(Старуха - говоруха)故事中,后妻要求进城的丈夫"带上你的女儿,

---

① Афанасьев А. Н. Народные русские сказки. Москва:Наука. 1984. Т. 2. С. 55.

② Афанасьев А. Н. Народные русские сказки. Москва:Наука. 1984. Т. 2. С. 28.

哪怕把她送到黑压压的森林,哪怕是带到路上,只要让我摆脱她!"丈夫就按照妻子的吩咐把女儿带走了。或者妻子嫌弃丈夫愚笨,对待丈夫态度傲慢。在《金鱼》(Золотая рыбка)和《贪婪的老太婆》(Жадная старуха)故事中,妻子认为丈夫愚蠢,"到手了一个大幸福,你却不会把握"。因此,多次要求丈夫回到海边向金鱼(或向老树)提出要求,"去金鱼那里,要他盖一座新木屋"①,而且随着财富和权利的加大,不仅没有提升丈夫的家庭地位,对待丈夫的态度却越来越恶劣,"你这个没有教养的人!怎敢将行政长官叫做老婆!"

(2)妻子会折磨丈夫。《无腿勇士和盲勇士》故事中,在婚礼当天,妻子得知曾经展示过人力量、战胜她的丈夫,并不是凭借自身的能力,而是借助助手的力量,因此,婚后虽然"像天生幸福的夫妻一样生活在一起,用各种话语安抚丈夫"②,但心中却只想着一件事:怎样摆脱丈夫的助手。终于设法赶走丈夫的助手后,妻子就马上把丈夫贬为牧牛人,甚至每天"检查完牛的数量后,又命令丈夫把牛群赶到牛棚,并命其亲吻最后一头牛的屁股……"③

丈夫之所以忍受和顺从妻子是有一定原因的。处于服从地位的丈夫有的是因为自己身体虚弱,而妻子却脾气暴躁,使得丈夫无力反抗;有的是因为妻子太过唠叨,不给丈夫安宁,丈夫受不了,为了摆脱折磨,只好照做;有的则是由于妻子借助神奇的动物变得社会地位很高,丈夫惧怕她手中的权力,不得不听命于妻子;还有就是妻子本身能力超过丈夫,丈夫没有能力反抗。

掌握夫妻主导权的妻子在故事中总是得到负面的评价,被称作"恶妻"。她们常被描述成为暴躁的。"丈夫想要教训妻子,刚一拿鞭子,妻子就大哭大喊,还把孩子从摇篮中拎出来,托在手中晃,双眼外凸,口吐白沫。丈夫一点不得安宁"④;"丈夫和妻子日子过得不好,妻子完全不听丈夫的。丈夫让早起,妻子就睡上三天;丈夫说睡觉,妻子就是不睡"⑤。她们的丈夫则被描绘为受害者,受到妻子地折磨。

但是,需要指出的是,妻子在家中地位高于丈夫、要丈夫服从自己意志的情况只出现在故事的开端和情节过程中,在故事的结局,蔑视丈夫,没有遵守丈夫

---

① Афанасьев А. Н. Народные русские сказки. Москва:Наука. 1984. Т. 2. С. 28.
② Афанасьев А. Н. Народные русские сказки. Москва:Наука. 1984. Т. 2. С. 59.
③ Афанасьев А. Н. Народные русские сказки. Москва:Наука. 1984. Т. 2. С. 59.
④ Афанасьев А. Н. Народные русские сказки. Москва:Наука. 1984. Т. 2. С. 166.
⑤ Афанасьев А. Н. Народные русские сказки. Москва:Наука. 1984. Т. 2. С. 194.

是妻子统治者的家庭秩序的妻子,最终会受到了来自丈夫或丈夫助手的反抗和惩罚,重新回到“听话妻子”的位置。这也表明俄罗斯传统社会对要求获得权利、不再一味顺从丈夫的妻子做出的负面评价。

2. 忠贞的妻子

妻子的忠贞是俄罗斯民间故事所赞扬的品质。在《被诅咒的王子》(Заклятый царевич)中,回家省亲的妻子被姐姐恶意地留在家里,为的就是让妻子错过和丈夫约定好的时间,让受到诅咒的丈夫死去。但是,忠贞的妻子在发现时间错过后,立刻不顾一切地回到丈夫身边。妻子忠贞的爱唤回了丈夫的生命。《去到我不知道是哪里的地方,带回我不知道的东西》(Поди туда—не знаю куда,принеси то—не знаю что)故事中,由于主人公妻子的美貌,使沙皇顿生邪念,生出想要娶她为妻的想法,用皇后的头衔来诱惑她。但是,主人公的妻子不为所动,坚决地拒绝了沙皇,“闻所未闻,见所未见!竟然要从还活着的丈夫手中抢妻子!不论我的丈夫是什么人,即使只是一名射击手,他也是我法定的丈夫”,并且积极帮助受到刁难的丈夫摆脱困境,最终和丈夫幸福地生活在一起。

3. 能干的妻子

妻子具有高超的魔力或是智慧。她能够帮助丈夫解决难题,使丈夫摆脱困境。会魔法的妻子嫁给了普通男子后,生活得很开心。她不仅有美丽的容貌,而且聪慧,拥有特殊能力,如果丈夫是普通的射击手,日子过得并不富裕,那么,妻子就会利用自己的宝物为丈夫赚钱,改善家庭物质生活,“把毯子(由妻子神奇的书中变出的两个壮汉织成的)拿到市集卖给商人,要注意:自己不说价钱,别人给什么就拿什么!”①。这样丈夫就得到了1万卢布。但是,由于妻子的美丽和聪慧,沙皇爱上了她,想娶她做皇后。于是想尽办法要杀死她的丈夫。沙皇在群臣的怂恿下,给她的丈夫提出了各种难题,如派她的丈夫到“不知道是哪里的地方”去,“去很远的地方取得宝物或神奇的动物”,等等。但是会魔法、聪慧的妻子总是安慰丈夫:“先睡吧!早晨比晚上更要聪明!”自己则借助宝物,和自己同样会魔法的亲戚或朋友,帮助丈夫解决这些困难,使处在社会下层的丈

① Афанасьев А. Н. Народные русские сказки. Москва:Наука. 1984. Т. 2. С. 291.

夫得到沙皇的赏识，“把他升为将军，也不再去想他的妻子”①。

妻子还会帮助丈夫赢得父亲的喜爱。婚后，丈夫的父亲向儿子们提出要求，如“有一天沙皇想要看看，哪一个媳妇的手最巧”②。接到命令后，会魔法的妻子总是帮助丈夫出色地完成任务，为丈夫在父亲和其他兄弟面前争得荣誉，得到夸奖。

不会魔法的妻子同样可以用智慧帮助丈夫，例如：在《皇后是古斯里琴弹唱者》（Царица - гусляр）中，皇后得知丈夫在国外被囚禁，她勇敢地决定将自己装扮成乐手，到丈夫被关押的国家中，利用自己出色的琴技得到当地君主的喜爱。皇后凭借此特殊许可，获得可以从狱中选出囚徒陪她上路（去做某项任务），借机她选择了她的丈夫，将丈夫救了出来。

能干的妻子多为助手型的妻子。与助手型的未婚妻一样，她们聪明、手工精湛、总是能温柔地安慰困扰的丈夫，利用自己的魔力或机智，为丈夫解决各种看似不可能解决的难题，从而使丈夫获得赞美和权利。

4. 不忠的妻子

俄罗斯民间故事中不仅有忠诚的好妻子，也有受到情人诱惑、背叛了丈夫的不忠妻子。“她（妻子）开始去市场是为了把鸡蛋卖个高价，由于她是个美人，最后却和一个大贵族好上了”③“他的妻子费吉尼亚，对他家的一个年轻运输工产生了好感，爱上了运输工”④“丈夫刚走，老太婆就想出了不好的事情——和年轻的搬运工鬼混在一起”⑤“公主对嫁了一个农夫的儿子感到不满，于是设法偷出丈夫宝物后，抛下丈夫，跑到一位国王那里”。

妻子的情人会给妻子的家人带来危害。情人会要求妻子说出丈夫致富的秘密，“告诉我，你们是怎么发家的？如果你不说真话，我就不爱你了，就不能到你这里来了”“搬运工强烈要求费吉尼亚，让她出于对他的爱而把鸭子宰掉，给他煎着吃”。情人还提出更过分的要求，“杀了你的孩子，一个剜除大脑，一个剜除心脏，如果不这样做，我们的友谊就完了！”妻子就在情人“爱”的诱骗下，背叛了丈夫：不仅说出丈夫财富的来源是神奇的鸭子，而且还要杀死自己的孩子。

---

① Афанасьев А. Н. Народные русские сказки. Москва：Наука. 1984. Т. 2. С. 129.

② Афанасьев А. Н. Народные русские сказки. Москва：Наука. 1984. Т. 2. С. 260.

③ Афанасьев А. Н. Народные русские сказки. Москва：Наука. 1984. Т. 2. С. 62.

④ Афанасьев А. Н. Народные русские сказки. Москва：Наука. 1984. Т. 2. С. 64.

⑤ Афанасьев А. Н. Народные русские сказки. Москва：Наука. 1984. Т. 2. С. 67.

不忠诚的妻子都会受到严厉的惩罚，如认为妻子不忠的沙皇会询问大臣“我应当怎样对待不忠的妻子：用斧头处死她还是把她吊死?”结果不忠妻子的结局不是被赶出家门，孤独终老，就是被丈夫射死，被五马分尸或被狂奔的马拖死。

透过故事中情人带来的伤害，不忠妻子的悲惨结局，可以看出民间对妇女婚后守节的重视。忠于丈夫是妻子最为重要的准则。

5. **伪妻子**

俄罗斯民间故事中还有一类是以伤害主人公真正的妻子为目的，冒充顶替其妻子地位的“伪妻子”。她们羡慕真正的妻子可以得到丈夫的宠爱，过上富足的生活，因此，嫉妒驱使她们做出邪恶的行为。在《小母牛》（Беренушка）故事中，结婚后的玛丽亚和丈夫回家探望父亲，结果被继母施法变成鹅，而继母将自己的亲生女儿装扮成玛丽亚，取代了玛丽亚妻子的地位。在《商人的女儿和女仆》（Купеческая дочь и служанка）的故事中，女主人公和女仆长得十分相似，女仆利用这一点，挖出了女主人公的双眼，换上女主人的衣服，嫁给了王子，后来为了脱罪，又命人将真正的妻子砍成小块。《阿廖奴申卡姐姐和伊万奴申卡弟弟》（Сестрица Алёнушка и братец Иванушка）故事中，巫婆将妻子推入海中淹死，自己顶替她的位置。

用卑劣的手段占有妻子位置的伪妻子最后都被识破，受到了死刑的惩罚。可见，靠损害他人的利益，用欺骗手段得来的婚姻在故事中是不被承认的，破坏他人婚姻的人会受到严惩。

综上，故事家庭中对理想妻子的要求是美丽、忠贞、智慧、温顺、女红好、服从夫权、能够成为丈夫的助手、帮助丈夫解决问题。

故事中的人物会有再婚的情况。伴侣去世后，留下的一方会再婚。但是再婚的都是鳏夫。故事中没有寡妇再婚的情况。第二次婚姻娶到的妻子都是邪恶的，只是想着自己的亲生女儿，也经常命令和欺瞒自己的丈夫。因此，第二次婚姻并不幸福。

再婚也会发生在年轻的有妻子的丈夫身上。男主人公在经历考验后，先娶了美丽的公主。但是后来回到自己的国度，违背了妻子的禁令，亲吻了姐妹，以致忘记了妻子，又娶了第二位姑娘。第一位妻子会出现在丈夫迎娶第二位妻子的婚礼上，利用各种魔法，唤起丈夫对她的回忆。当丈夫想起来后，他总是会离开第二任妻子，回到第一任妻子的身边，对父母解释说："这不是我命中注定的妻子，而这位才是我的妻子，智慧的瓦西里萨"①。"商人的儿子伊万想起了这个女乞丐是谁，就对父亲和母亲说，'这是我的妻子'"。父母也支持儿子回到第一任妻子的身边，"既然你有妻子，你就和她在一起生活吧"，他们会给第二个未婚妻很多礼物，放她回家。故事的结局表明，俄罗斯民间故事中强调第一次婚姻的重要性，强调对誓言的忠诚。

三、夫妻关系

通过上述对故事中丈夫与妻子形象的描述，我们认为，俄罗斯民间故事中的夫妻关系有 4 个特点：

1. 男尊女卑的宗法夫妻关系

故事中的夫妻之间遵循宗法家庭的伦理行为道德，以遵守等级秩序作为维系婚姻的基础。在夫妻关系中丈夫处于统治的地位，可以教训惩罚妻子。受到惩罚的妻子都会变得顺从，和丈夫过上和谐的生活。虽然有的妻子想要处于家庭中的领导位置，但是由于她没有能力管好家庭，"只会和男人喝酒，收取贿赂"，会给家庭带来损失，最终还是会受到丈夫的惩罚。

2. 强调夫妻对彼此的忠诚

"结婚就要一生在一起"，需要为对方付出。民间故事重视夫妻和睦，赞赏夫妻间的忠贞②。忠诚的夫妻可以共渡难关，接受考验，最终会获得幸福。不忠的伴侣只会给家人带来伤害。故事中并未出现背叛妻子的丈夫形象。因此，故事中最不能容忍的是妻子的变节，对她的惩罚是残酷的。

3. 肯定夫妻关系的和睦

故事中恩爱的夫妻生活在"爱与和谐中""离开一分钟也受不了"。爱妻子的丈夫也常说"没有她（妻子）我就活不下去下"，如果夫妻恩爱，他们会一起战胜困难，得到完满的结局。但是，夫妻关系和睦的前提是妻子的温顺，对夫权的尊重。

---

① Афанасьев А. Н. Народные русские сказки. Москва：Наука. 1984. Т. 2. С. 225.

② 徐佩、常颖：《中俄民间故事中的家庭伦理观对大学生的情感教育研究》，《林区教学》2018 年第 5 期。

4. 看重第一次婚姻

俄罗斯民间认为,“第一次婚姻是法律”。“东正教教义也谴责第二和第三次婚姻,哪怕是伴侣死后缔结的婚姻,也会认为第二次婚姻是战争和谋乱的开始”①。民间故事中人物第二次婚姻失败和受到伤害,以及男主人公总是回到第一位妻子身边的例子也证实了第一次婚姻的重要性。

第三节　父母与子女

俄罗斯故事中的家庭是小家庭,即只有父母和未婚子女。俄罗斯民间故事通常以介绍人物的家庭状况为开端。其中最先涉及的是父母与子女情况,如“很久很久以前,住着一位老头和一位老太婆。他们有三个儿子”“在很远很远的国家,生活着国王和王后。他们有一个王子和一个公主”“很久很久以前,有一对老夫妻。他们没有子女”等。故事常用“老爷爷”(старик)和“老奶奶”(старуха)来表示父母的状态。孩子的数量是一至七个不等。故事中的父母与子女在彼此的生命中起到重要的作用,拥有自己的权利和义务。父亲与母亲在对孩子的权利和态度等方面拥有共同之处,但在权利范围方面和在孩子的生活中所占的位置有所不同,孩子对待父亲和母亲的态度与方式也并不相同。因此,本节将分别描绘父亲、母亲,以及孩子的行为规范、相互关系、价值判断。

一、父亲

故事中孩子尊称父亲为“батюшка”“милостивый государь батюшка”。故事家庭的父亲不仅指血缘关系的父亲,尽到抚养孩子责任的男性同样也是父亲,例如,由于父母双亡,男孩们成了孤儿。路过的沙皇同情他们,对他们说:“我想做你们的父亲”,并且按照孩子的意愿,送他们学习技艺。沙皇虽不是孩子的亲生父亲,但尽到了亲生父亲应尽的抚养和教育孩子的责任,同样被称作父亲。因此,在分析父亲形象时,我们也将这类父亲包括在内。

1. 父亲拥有孩子的支配权

故事家庭中的父亲如同国家中的沙皇,在家庭中拥有至高的权力,是孩子

---

① Пушкарева Н. Л. Женщины в Древней Руси. Москва:Мысль. 1989. С. 87.

的统治者。父亲对于孩子的权利体现在：

(1)父亲有统理财产的权力。父亲是家庭收入的主要来源，家庭的供养者，承担着赡养家庭，抚养孩子的责任。“老头的一生都在打猎，捕捉野兽和野禽，他用这样的手段来供养自己和家庭”①“老头弄到一片面包，把它带回家养活自己的妻子和儿子”②“老爷爷和老奶奶生活得很贫穷，他们有两个儿子，但是儿子还小，不能劳作，老爷爷只好自己出门去赚钱”③。因此，握有家庭经济权力的父亲有权力分配自己的财产 。

父亲的财产都会留给孩子。父亲离家当兵前，就会为年幼的孩子留下婚嫁和做生意用的一定财产，“这是给你(妻子)的 50 卢布，不论是生女儿还是儿子，都要留着这些钱直到他们成人，”嫁女儿时，这笔钱就是嫁妆，“如果上帝赐给我们儿子，他成人后这笔钱会是数目不小的补贴”④。临终前，父亲会分配遗产，如果只有一个孩子，而且是儿子，那么财产就全部留给这个唯一的儿子。例如：“有一个农夫生活得不贫穷也不富裕，他有一个儿子，他留给儿子 300 卢布”⑤；“我亲爱的儿子！我现在生病，很快就要死了，我死后把我所有的财产都留给你”⑥，沙皇也会让自己的唯一的儿子继承王位。

如果有三个孩子，那么父亲在分配遗产时会区别对待子女。“老头要死了，于是他开始给子女分钱：给长子和二儿子各留 100 卢布，而没给愚钝的小儿子留钱”⑦“农夫临死前把整座房子、牲畜、土地都留给了大儿子，却什么也没留给愚钝的小儿子和女儿”⑧。

在传统的宗法社会中，“父亲的遗产只会在儿子之间分配，女儿没有继承权”⑨。同时在儿子之间奉行的是长子继承制。故事中父亲对遗产的分配就是宗法父权社会财产分配体制的真实反映。

死后的父亲也可以赠给孩子财产，但不是金钱、房屋等普通的财富，而是神

---

① Афанасьев А. Н. Народные русские сказки. Москва：Наука. 1984. Т. 2. С. 33.
② Афанасьев А. Н. Народные русские сказки. Москва：Наука. 1984. Т. 2. С. 53.
③ Афанасьев А. Н. Народные русские сказки. Москва：Наука. 1984. Т. 2. С. 55.
④ Афанасьев А. Н. Народные русские сказки. Москва：Наука. 1984. Т. 1. С. 278.
⑤ Афанасьев А. Н. Народные русские сказки. Москва：Наука. 1984. Т. 2. С. 190.
⑥ Афанасьев А. Н. Народные русские сказки. Москва：Наука. 1984. Т. 2. С. 177.
⑦ Афанасьев А. Н. Народные русские сказки. Москва：Наука. 1984. Т. 2. С. 130.
⑧ Афанасьев А. Н. Народные русские сказки. Москва：Наука. 1984. Т. 2. С. 80.
⑨ Гаранина Е. Ю. Семьеведение. Москва：МПСИ. 2009. С. 20.

奇的动物。从父亲死后得到的宝物并不由儿子的长幼次序决定的，而是根据孩子是否完成了父亲临终前提出的要求而决定的，如在《西夫科－布尔科》(Сивко－бурко)故事中，父亲临终前对孩子们说："孩子们！我死后，你们按长幼次序到我的坟地睡三个晚上"；在《神奇的小马》(Волшебный конь)中，父亲的要求是，"我亲爱的孩子们！我死后你们要到坟前为我读书"。只有完成父亲遗言的孩子才可以得到宝物，如最小的儿子伊万听从了父亲的要求，并且代替兄长们完成了此任务，因此，父亲将宝马赠给了他，"我的儿子，这匹好马给你！而你——马儿，也要像为我服务一样为我的儿子服务"。

"死后的父亲赠宝物"的情节是俄罗斯民间故事中较典型的情节。这个情节的出现，按照普罗普的研究，与两个古代信仰有关。一个是对死去的祖先崇拜。古时，人们相信死去的祖先会在"另一个世界"请求万物之主庇佑后代，给活着的后代以帮助。该信仰遗留在故事中就是死去的父亲赠给儿子能够提供帮助的宝马。另一个是源于对死人的恐惧。活人需要给死人献上祭品，否则，死人就会感到不满足，活人得不到安宁。他会以鬼魂的方式回到人间，吓唬人，甚至夺取人的性命。故事中的长兄害怕到父亲的坟地去守灵，害怕死人就是原因之一。"到父亲的坟前坐一坐"或"为其朗读"则是向死人献祭的古老仪式在神奇故事中的残留①。此外，能够完成父亲遗愿的多是最小的儿子。这和古代的社会制度息息相关，多数是由幼子留在家中赡养父亲的继承制的反映。

(2)父亲拥有子女婚姻的决定权。宗法家庭中子女的婚姻必须由父亲决定，这是父权的主要表现。在故事家庭中，女儿的婚姻完全听从父亲的安排。儿子则通常是离开家后，按照自己的意愿寻找未婚妻。

父亲决定女儿婚姻的主要方式有两种：一是以散发告示的形式。身为沙皇的父亲通常会用告示召集想要迎娶公主的青年。"在这个国家，沙皇有一位公主，沙皇想为公主招亲"，于是，"贴出告示让全世界的未婚青年都来到这里"②。父亲会向"女婿"的候选人提出各种条件。只要能够达到条件的，如能够"从很多原木后面的房子上撕下公主的画像""能亲吻到站在十二片玻璃后的公主"等，不论出身，父亲都会将女儿嫁给他。父亲在女儿婚姻方面的决定作用，使父亲的招亲更像是为自己挑选女婿，而不是为女儿挑选丈夫。二是向人推荐自己

① Пропп В. Я. Исторические корни волшебной сказки. Москва：Лабиринт. С. 122－123.
② Афанасьев А. Н. Народные русские сказки. Москва：Наука. 1984. Т. 2. С. 33.

的女儿,如果父亲是商人,他会为自身得到特权、提升社会地位而向权贵,如沙皇推荐自己的女儿。“某个国家住着一位商人,他有两个女儿。一天他在全国散发告示。告示上说:哪位王子娶了他的小女儿为妻,就会得到三个儿子——这三个儿子会有银膝盖、金胸膛,额头还闪耀着月亮,腰部则布满星星”①。“沙皇问商人,‘我为什么找不到未婚妻呢?’”商人马上趁此机会对这位沙皇说:“我有一个好女儿,她很聪明,别人想不明白的事情她都知道”②。农民父亲决定女儿婚姻的方式要简单得多,故事中只说“父亲领着女儿,将她嫁给了一个好人”③。

如果女儿没有听从父亲的安排,擅自为自己找了未婚夫,父亲会非常生气。他会想尽办法为难女儿的未婚夫,甚至想要杀死女儿和她的未婚夫。《海沙皇和智慧的瓦西丽萨》中,海沙皇的女儿爱上了伊万王子。海沙皇向伊万王子提出了很多难题,但都被王子完成了,这让海沙皇非常恼怒。为了避免父亲对未婚夫的伤害,公主和未婚夫一起从水下王国逃跑。被父亲发现后仍然不放过他们,对他们紧追不舍。

故事中父亲决定儿子婚姻的情况却很少,集中在《青蛙公主》故事中。沙皇对自己的儿子们说:“孩子们!为自己做一支箭,然后射出它,把箭送回来的女人就是你们的未婚妻,如果没有人送回来,那就不能结婚!”④

(3)父亲可以命令或请求孩子做某事。父亲会要求孩子离家到某地完成某件事,如要求儿子寻回被掳走的母亲,“王子们长大后,父亲对他们说:‘我亲爱的孩子!你们谁能够去寻找自己的母亲?’”⑤或是为自己寻找宝物,“我亲爱的孩子!出发吧,我给你们我的祝福,找到火鸟把它带给我,要活的!”“我做了一个梦,是在一个很远的国家,有一位美丽的叶莲娜。她有生命之水和死亡之水,以及长生苹果。孩子们!你们能取到这些宝物吗?”⑥。

相比较这些有很高难度、需寻找宝物的要求,故事中的父亲更多的是提出日常生活方面的要求,如父亲发现,有人偷了他的芜菁,于是就去看守他的田

---

① Афанасьев А Н, Народные русские сказки. Москва: Наука. 1984. Т. 2. С. 303.
② Афанасьев А Н, Народные русские сказки. Москва: Наука. 1984. Т. 1. С. 177.
③ Афанасьев А Н, Народные русские сказки. Москва: Наука. 1984. Т. 1. С. 260.
④ Афанасьев А Н, Народные русские сказки. Москва: Наука. 1984. Т. 2. С. 260.
⑤ Афанасьев А Н, Народные русские сказки. Москва: Наука. 1984. Т. 2. С. 260.
⑥ Афанасьев А Н, Народные русские сказки. Москва: Наука. 1984. Т. 1. С. 260.

地,结果没有发现任何人。于是他对瓦尼卡(他的儿子)说:“你去看着芜菁”① “有一对老夫妻,他们有两个孩子:一个儿子和一个女儿。老人开始派孩子们去森林采浆果”②。

父亲的这些要求使孩子离开了自己最初的、父母的家,进入到找寻未婚妻和其他的历险阶段,开始有了新的人生。因此,父亲在此成为孩子的派出者(отправитель)③。

(4)父亲对子女拥有教令权和惩戒权。临终的父亲不仅为子女留下物质财产,而且也会留下对子女的嘱托,希望他们不要走错路,要成为善良正直,关爱家人的好人。“要诚实地生活,不要伤害别人,记得祭奠我”④“商人要去世了,他要求儿子疼爱和保护自己的姐妹,不要伤害任何人”⑤。

父亲不仅在言行方面对孩子进行言语教育,而且对待不服从自己意志的孩子,会采取体罚的方式,如“商人十分生气,他叫来仆人,命令他们把不听话的儿子抓起来,脱掉他的衣服,然后把他绑到大道旁的树上”。

如果子女犯下更严重的过错,父亲的惩罚会更严厉。“你的妹妹让整个家庭都受到了侮辱!我不想原谅她:你现在就回家去,用这把刀把这个坏家伙砍成碎片,然后把她的心带回来”⑥;父亲对于女儿未婚却怀有孩子感到非常愤怒,“命人拿来一个大酒桶,上面绑满铁环……然后下令把女儿放入大酒桶内,扔到海里”⑦。父亲如此生女儿的气,是因为女儿的贞操非常重要。故事世界中女儿应当尽量不要露面,“要躲开人们的视线”⑧。故事中的父亲如此惩罚女儿,原因是可以理解的。在俄罗斯的传统社会,要求父亲应当严厉地对待女儿,不能让女儿给自己蒙羞。因为,如果出嫁前女儿能够保有童贞,那么父亲就被

---

① Афанасьев А Н, Народные русские сказки. Москва: Наука. 1984. Т. 2. С. 260.

② Афанасьев А Н, Народные русские сказки. Москва: Наука. 1984. Т. 2. С. 260.

③ 在《神奇故事的形态学》中,作者普罗普按照人物的行为范围将人物分为 7 个类型:对抗者(антагонист)或受害者(вредитель);赠予者(даритель);助手(помощник);公主(要寻找的人物)和她的父亲(царевна (искомый персонаж) и её отец);派出者(оправитель);主人公(герой);伪主人公(ложный герой)。

④ Афанасьев А Н, Народные русские сказки. Москва: Наука. 1984. Т. 2. С. 303.

⑤ Афанасьев А Н, Народные русские сказки. Москва: Наука. 1984. Т. 2. С. 303.

⑥ Афанасьев А Н, Народные русские сказки. Москва: Наука. 1984. Т. 2. С. 345.

⑦ Афанасьев А Н, Народные русские сказки. Москва: Наука. 1984. Т. 1. С. 321.

⑧ Костомаров Н И, Домашняя жизнь и нравы великорусского народа. Москва: Экономика. 1993. С. 139.

认为完成了一件大事，可以在所有人面前夸耀①。相反，如果新婚当天新娘被发现不是处女，那么新娘及其父母都要当众受辱②。因此，虽然父亲对待女儿的手段残酷，但那时的人们并未将其视为负面形象，是因为女儿犯错在先。

如果子女杀害了自己的兄弟或姐妹，父亲不会手下留情，如得知女儿由于嫉妒杀死了自己的弟弟后，“父亲十分生气，他把女儿按到大门上，用劣等枪打死了她”③；沙皇下令将杀死小王子的两个大王子“关到监狱里”或“把他们带到田野上，用大炮打死”④。

父亲对孩子进行体罚，或不经法官而直接将孩子处死在故事世界中都是被允许的。首先，这是因为父亲是孩子的统治者，在家庭中拥有无限权力，可以对孩子做任何事，而且在俄罗斯民间意识中认为，父母对孩子的爱就是严格地对待孩子，并坚信，“这才是真正为孩子好”⑤。其次，父亲惩罚孩子都是有原因的。有的是不服从父亲的意志，如“不论父亲怎样强迫孩子说出自己的梦，孩子就是固执己见，对所有的规劝只有一个回答‘我不说’”⑥。该行为违反了家庭等级规范，损害了父亲的权威，因此一定会受到体罚。有的则是因为孩子中的一位或两位伤害了其他的子女，如年长的儿子抛弃或杀死小儿子，夺取他的功绩和未婚妻；女儿由于嫉妒杀死自己的弟弟等。对这样的犯错子女施行严厉的惩罚，是正义的行为，是公正的体现。不论是上述哪一种情况，父亲惩罚孩子在故事世界中都被认为是理所应当，无可厚非的。

2. 父亲承担对孩子的责任

故事中父亲不仅拥有对孩子的权力，也承担对孩子的责任，如父亲会送儿子学手艺。俄罗斯民间故事的父亲为了自己和老伴的晚年能得到供养，儿子未来可以赚钱养活自己，父亲会送儿子去学习技艺。“有一对老夫妻，他们有一个儿子。老头很穷，他想将儿子送去学手艺，目的是在父母年轻时可以安慰他们，

---

① Сильвестр. Домострой. Юности честное зерцало. Санкт – Петербург：Азбука – классика. 2008. С 52 – 53.

② 鲍里斯·尼古拉耶维奇·米罗诺夫：《俄国社会史》，张广翔、许金秋、郭宇春、刘玉宝、沈莉华、王绍章译，山东大学出版社，2006 年，第 241 页。

③ Афанасьев А. Н. Народные русские сказки. Москва：Наука. 1984. Т. 2. С. 278.

④ Афанасьев А. Н. Народные русские сказки. Москва：Наука. 1984. Т. 2. С. 316.

⑤ Ефименко П. С. Материалы по этнографии русского населения Архагельской губрении. Ч. 1. Москва：Типо – лит. С. П. Архипова. 1877. С. 162.

⑥ Афанасьев А. Н. Народные русские сказки. Москва：Наука. 1984. Т. 2. С. 260.

老年时可以接替他们，而死后能够有人扫墓；而如果没有钱，怎么能实现这些呢?"①。父亲通常会将儿子送去做学徒。"有一对老夫妻，他们有一个儿子叫费奥多尔（Фёдор）。老头想到把儿子送去学手艺，于是送到一个富商那里当三年学徒"②。"有一对老夫妻，他们有一个儿子已经成年，父亲不知道要教儿子学什么，于是就把儿子送到一位工匠那里做学徒，学做东西"③。"老头子将儿子交给夜间裁缝（小偷）当学徒"，因为他（小偷）"跑来跑去，一个晚上就能缝好一件裘皮大衣"④。

3. 父亲关爱孩子

父亲虽然通常在孩子面前拥有绝对权威，可以体罚孩子，决定孩子的人生大事，但他也有展现父爱，疼爱孩子的一面。疼爱孩子的父亲经常称子女为"我亲爱的孩子"（мои любезные дети）或"我可爱的孩子"（мои милые дети）。

父亲担心小儿子在出远门的时候遇到危险，劝阻他不要冒险，"你这么年轻怎么能去远方呢?"⑤；由于要遵守诺言，把儿子送交给水沙皇，父亲十分"痛苦，伤心流泪"⑥，表现出舍不得孩子；父亲将财产留给子女、对子女的临终教诲、将儿子送去学技艺等表现也都体现了父亲对孩子的关心和爱。

但是父爱更明显地体现在女儿身上。出门经商的父亲会先询问女儿的意愿，然后按照她们的心意购买礼物，"你们想让我从海外带什么回来?"⑦，即使女儿的要求很难满足父亲也会尽力寻找，如女儿请求父亲给她买回小红花，父亲就"在不同的国家找了很长时间，但哪都见不到这样的花"。父亲由于找不到女儿心爱的礼物"难过起来"⑧。父亲在陌生的花园见到小红花后，就趁没人时进入花园揪了下来，结果遇到了"丑陋的长着翅膀的三头蛇怪"⑨，因此受到胁迫。

父亲对女儿爱还反映在女儿对婚姻的自主权上。在故事中，女儿的婚姻通

---

① Афанасьев А. Н. Народные русские сказки. Москва：Наука. 1984. Т. 2. С. 303.
② Афанасьев А. Н. Народные русские сказки. Москва：Наука. 1984. Т. 2. С. 303.
③ Афанасьев А. Н. Народные русские сказки. Москва：Наука. 1984 Т. 2. С. 308.
④ Афанасьев А. Н. Народные русские сказки. Москва：Наука. 1984 Т. 3. С. 168.
⑤ Афанасьев А. Н. Народные русские сказки. Москва：Наука. 1984 Т. 1. С. 307.
⑥ Афанасьев А. Н. Народные русские сказки. Москва：Наука. 1984 Т. 2. С. 186.
⑦ Афанасьев А. Н. Народные русские сказки. Москва：Наука. 1984 Т. 2. С. 189.
⑧ Афанасьев А. Н. Народные русские сказки. Москва：Наука. 1984 Т. 2. С. 236.
⑨ Афанасьев А. Н. Народные русские сказки. Москва：Наука. 1984 Т. 2. С. 358.

常由父亲决定，但慈爱的父亲会尊重女儿的择偶要求，并尽力完成女儿的愿望，“父亲，请允许我来猜谜。如果我猜出了谁的谜题，就砍下那个人的脑袋；如果我没猜中，我就嫁给他”。父亲同意了女儿的要求，并按此召集未婚夫的候选人。公主在见到为儿子求婚的母亲后，提出自己的条件，“老太婆，跟你的儿子说：让他一夜之内在皇家珍贵的牧场上建好一座比我父亲的宫殿还要好的宫殿……如果他完成了，我就嫁给你的儿子”①。

在现实的宗法家长制家庭，子女完全服从和依赖父母，在婚姻方面完全由一家之主的父亲决定，子女是完全没有选择权的。故事中父亲允许女儿自己定出择偶条件，选择符合女儿标准的女婿更多的是表达女性对婚姻自由的美好向往。

有时，父亲对子女的关爱到了极致的程度，以致要将孩子留在“堡垒”中，将他们与外界隔离开，如父亲听到小女儿在新盖的房子里梦到自己嫁给了一头山羊后，“父亲十分害怕，甚至不允许自己的爱女站到屋外的台阶上”②“父亲十分疼爱自己的女儿，就像爱惜自己的眼睛一样。因此，建造了地下宫殿，把女儿关到那里，就像是把小鸟放到鸟笼中一样，目的就是怕大风吹到她们，太阳光晒到她们”③。“沙皇吩咐建一座高柱子，将伊万王子和叶连娜公主关到里面，给他们放够吃五年的食物”。父亲这样做是爱孩子，为了保护孩子不会受到伤害。父亲利用封闭空间将孩子与外界隔离的行为是古代对不可见力量感到恐惧的原始世界观的体现。

但父亲对子女的爱并不是平等的。不平等的父爱表现在分配遗产时，给年长的儿子留下大部分或全部财产，而没有留给小儿子和女儿任何财产，“父亲将房子、牲畜和土地都就留给大儿子，小儿子和女儿却什么都没得到”。面对小儿子和女儿的质询，父亲只对他们说：“如果你长兄把浴室给你们，那你们就住在浴室里；如果不给，你们就得离开”④。

故事中的父亲不都是只喜爱长子。沙皇在派儿子们去远方寻找宝物时，明显更担心小儿子，“我亲爱的儿子，我可爱的奇迹！你还年轻，不适应这么远又

① Афанасьев А. Н. Народные русские сказки. Москва：Наука. 1984 Т. 2. С. 41.
② Афанасьев А. Н. Народные русские сказки. Москва：Наука. 1984. Т. 2. С. 360.
③ Афанасьев А. Н. Народные русские сказки. Москва：Наука. 1984. Т. 2. С. 149.
④ Афанасьев А. Н. Народные русские сказки. Москва：Наука. 1984. Т. 2. С. 97.

艰难的路途,为什么你要离开我呢?”①。

4. 不称职的父亲

与疼爱子女的父亲尤其对女儿爱护有加的父亲相反,故事中也有不能保护女儿甚至成为女儿加害者的父亲。父亲的不称职表现在以下几个方面。

(1)不信任女儿。父亲不相信女儿不知道她孩子的父亲是谁,怎样怀孕的。在找到孩子的父亲后,不论女儿怎样解释,还是命令“拿来一个大酒桶,上面绑满铁环……把女儿和傻瓜一起放入大酒桶,然后把酒桶扔到海里”②。

(2)不能保护女儿。续弦的父亲由于过于老实,或身体不好,导致父亲地位下降。因此,不能保护亲生女儿不受继母的迫害,甚至按照继母的要求,把女儿送入危险之地,如《美丽的瓦西丽萨》(Василиса Прекрасная)故事中,商人再婚娶的妻子十分恶毒,她由于嫉妒继女瓦西里萨的美貌,就用所有的家务来折磨继女。父亲却对此视而不见,没有为女儿主持公道,以至于瓦西里萨只能哀叹,“我住在父亲家里,却没有感到一点快乐”③。

综上,故事中的父亲是一家之主,是孩子的养育者,是孩子命运的主宰者。父亲可以被看作是权力的载体。尊重父亲即是尊重父亲所代表的宗法权力。故事中大部分父亲都能够承担对孩子的责任,关心孩子,但也有特殊的对子女造成伤害的父亲形象。

二、母亲

在父母与孩子的关系中,母亲同样起到重要的作用。孩子多用表达爱的“матушка,родная матушка,мать моя родимая”来称呼母亲。故事中的母亲有以下几种形象:

1. 母亲拥有对孩子的权利

故事中,母亲可以要求孩子遵从自己,完成母亲提出的要求。母亲会安排孩子做事,“你到邻居那里借一匹马,进城买些粮食,如果能够挺过这个冬天,春天就去找工作”④;母亲会派孩子为自己找到需要的奇物,“母亲派儿子去找一

---

① Афанасьев А. Н. Народные русские сказки. Москва:Наука. 1984. Т. 1. С. 142.
② Афанасьев А. Н. Народные русские сказки. Москва:Наука. 1984. Т. 1. С. 287.
③ Афанасьев А. Н. Народные русские сказки. Москва:Наука. 1984. Т. 1. С. 128.
④ Афанасьев А. Н. Народные русские сказки. Москва:Наука. 1984. Т. 1. С. 36.

个月大的苹果"①;母亲会分配女儿做家务,如让她们纺织等,如果孩子没有完成母亲的意愿,母亲会责骂孩子,甚至将孩子赶出家门,"从这个家滚出去,到别人那里为自己找面包吃吧"②。

母亲向孩子提出要求通常是在孩子的父亲过世或不在家的时候,如果有父亲在,就不会听到母亲对孩子实施指令了。

2. 母亲对孩子承担责任

(1) 母亲会替未成年的孩子保管父亲留下的财产。孩子成人后,母亲就会把钱交给孩子自行处理,如当兵的父亲给孩子留下财产,让他们长大后能够有资产成家立业。"士兵的两个儿子长大了,问母亲:'母亲,父亲是否给我们留下了钱? 如果留下请给我们'",母亲就会将父亲留下的钱平均分给他们。如果父亲临终前对儿子说:"给你,我的儿子! 我留给你 300 卢布,长大以后用",那么儿子成人后就会对母亲说:"我记得,过世的父亲给我留下 300 卢布,您哪怕先给我 100 卢布"③。母亲会把钱作为奖励,托付给照顾儿子的小叔,"你的母亲给了你 300 卢布,如果你表现得好,你就可以得到这笔钱"④。

(2)母亲承担孩子的教育责任。父亲当兵未归或去世,只留下母亲和孩子在家的家庭,寡母只好独自一人承担教育孩子的责任。在《两个士兵的儿子》(Два солдатских сына)中,在"孩子十岁时,母亲送他们去读书,很快,他们就学会了识字,远远超过贵族和商人的孩子"⑤。"从前有一位贫穷的老婆婆,她没有任何财产。她有一个儿子,她想送儿子去学一门手艺,能够让他什么都不做却能吃香喝辣、锦衣华服"⑥。如果母亲得知儿子染上赌博和酒瘾,母亲不允许儿子进家门和管理父亲留下的店铺,"走开! 我们不需要酒鬼"。受到教训的儿子会请求叔叔带他去海外做生意。

孩子要离开家去外地时,母亲嘱咐他们:"听着,孩子们! 你们进城后,要向所有遇到的人和同行的人鞠躬!"按照母亲的话,对人有礼貌的孩子得到了相遇的人赠予的宝物。

---

① Афанасьев А. Н. Народные русские сказки. Москва:Наука. 1984. Т. 1. С. 90.
② Афанасьев А. Н. Народные русские сказки. Москва:Наука. 1984. Т. 1. С. 36.
③ Афанасьев А. Н. Народные русские сказки. Москва:Наука. 1984. Т. 2. С. 40.
④ Афанасьев А. Н. Народные русские сказки. Москва:Наука. 1984. Т. 2. С. 219.
⑤ Афанасьев А. Н. Народные русские сказки. Москва:Наука. 1984. Т. 1. С. 233.
⑥ Афанасьев А. Н. Народные русские сказки. Москва:Наука. 1984. Т. 1. С. 235.

在父亲过世或当兵时，母亲教育孩子、掌管财产的情形与现实封建社会家庭的实际情况基本相符，即家中没有丈夫又没有其他成年男子时，家里的祖母“全盘掌管家庭财产、全家人的劳动以及个人生活，直到孩子成年并娶妻生子为止”①。由于故事中都是小的核心家庭，没有三代以上一起生活的大家庭，所以这些责任都要由孩子的母亲承担。

3. **母亲疼爱孩子**

母亲天性就是十分疼爱自己的孩子，为了孩子可以无私奉献。故事中的母亲将这种爱表达的更为极致。

新生儿的母亲被巫婆变成了野兽。但是为了哺乳婴儿，母亲还是每天回来喂养孩子，“阿雷西－波列（Арысь－поле）跑过来，脱下自己的动物皮放到树墩下面，抱起儿子哺育，然后再穿上皮毛回到森林中”。如果母亲被变成动物的时候已经怀有身孕，那么，生下孩子后，“她就养育他们”，让孩子感到快乐。在发现孩子失踪后，母亲的“心揪了起来”，并勇敢地飞回被巫婆霸占的原来的家去寻找孩子。

出于爱，母亲为了能让孩子过上好日子，甚至同意把孩子过继给有钱的商人，“母亲想了想，实际生活中商人确实要更自由，于是祝福了儿子，把儿子送到了阿松（Асон）的手中”。

故事中的母亲对孩子的关心和爱会一直持续到临终前，甚至死后也要保护孩子，将孩子从灾难中解救出来。“临终前，母亲将女儿叫道自己床前，从毯子下面拿出一个娃娃，把它交给女儿，说道：‘听着，小瓦西丽萨！记住我最后的话，按照它去做。我要死了，带着我的祝福和我给你留下的这个娃娃，一定要把它带在身边，爱护它，不要给任何人看这个娃娃；如果你有什么苦处，可以给它吃的并询问它的建议。它吃完东西后就会告诉你怎样解除不幸’”。

难产死去的母亲由于惦念孩子，每晚都会回来哺育孩子，“一位亲戚突然点燃了蜡烛，看到已经死去的女子穿着安葬时的衣服，跪在摇篮前，用乳汁喂孩子”②。

死去的母亲帮助孩子与死去的父亲赠予孩子宝物一样，是祖先崇拜的原始

① Пономарев С. М. Очерки народного юридического быта Казанские губернские ведомости. 1889. No. 9.

② Афанасьев А. Н. Народные русские сказки. Москва：Наука. 1984. Т. 3. С. 123.

信仰的遗留。

孩子的死对于母亲是致命的打击。得知孩子被杀死，母亲非常伤心，“看到儿子们并排躺在那里，白鸭子（王后）冲上前，用翅膀环住孩子，用母亲特有的声音唱到：‘嘎嘎，我的孩子们！嘎嘎，我的小鸭子们！我喂给你们食物，把泪水作为水，每天早起，自己舍不得吃掉一片面包’”①。“当母亲打开柳条筐，看到女儿的骨头号啕大哭起来，非常气愤。由于痛苦第二天就死了”②。有的母亲不只悲伤，她会为孩子报仇，例如，巫婆的儿子们是三头、九头和十二头蛇怪。它们都被主人公杀死。巫婆得知儿子的死讯后，会和儿媳一起去追赶杀死儿子们的伊万王子和他的兄弟们，目的要杀死他们。

但有时母亲的爱是盲目的。在《神奇的匣子》（Волшебный ящик）故事中，面对孩子提出的要母亲去偷王子的宝物这一错误要求时，母亲也会照做，结果后来孩子和她都受到了惩罚。在母亲的眼中，只有自己的孩子最好。看到继女从森林中带回财宝，继母也会让自己的亲生女儿去，“把我的女儿送到森林中，她能赶回两群马，拖回两车银子”③。

母亲虽然爱孩子，但有时并不能做到对子女一视同仁，如果夫妻有三个儿子或三个女儿，那么，母亲对待这三个孩子并不总是平等的。不平等的母爱表现在对孩子的照顾上，“农妇喜欢两个大儿子，给他们穿得很整洁；而小儿子总是穿得不好——总是穿着黑衬衫”④。“老婆婆非常不喜欢自己的小女儿。她给大女儿穿最好的外衣，和她一起去教堂做日祷，却给小女儿留下两斗黑麦，让她在她们回来前把黑麦脱壳”⑤。

4. 负面的母亲形象

负面的母亲形象主要体现在对孩子的加害上。虽然母爱是天性，但是在俄罗斯民间故事中也存在着违背母爱天性的故事——为了情人而伤害亲生孩子的母亲。例如，伊万王子带着自己的军队到另一方土地，与潘·普列什维奇（Пан Прешевич）作战。王子战胜了潘的军队，并将其俘虏。这个潘长得很英俊，皇后——伊万王子的母亲，见到他之后爱上了他，经常到监狱去看望他。有

---

① Афанасьев А. Н. Народные русские сказки. Москва：Наука. 1984. Т. 2. С. 326.
② Афанасьев А. Н. Народные русские сказки. Москва：Наука. 1984. Т. 1. С. 94.
③ Афанасьев А. Н. Народные русские сказки. Москва：Наука. 1984. Т. 1. С. 20.
④ Афанасьев А. Н. Народные русские сказки. Москва：Наука. 1984. Т. 2. С. 253.
⑤ Афанасьев А. Н. Народные русские сказки. Москва：Наука. 1984. Т. 2. С. 316.

一次潘对皇后说:“我们把你的儿子——伊万王子杀掉怎么样?”母亲竟然回答,“如果你能杀死他,我会非常高兴。”于是,母亲就在潘的教唆下让伊万带回各种可以使潘恢复力量所需的物品,使潘重新变得强大,杀死了伊万。当母亲得知伊万被杀死后竟然“高兴地跳了起来,吩咐仆人将伊万王子埋到坟墓里。自己则和潘共浴爱河,共同统治国家”①。母亲的情人对她说:“杀死你的孩子,一个剜出大脑,一个剜出心脏,如果不这样做,我们的情分就完了”,“母亲会整整痛苦一个星期,最后终于没有忍住”,对要她杀死孩子的情人说,“到我这来吧！就这样吧,为了你我不会怜惜自己的孩子”②。

有的母亲甚至会主动提议杀死自己的儿子。在《装出的病》(Притворная болезнь)中,母亲和儿子被不相信他们的沙皇赶出皇宫,彼此相依为命,儿子也尽自己的可能照顾母亲,但是母亲还是瞒着儿子救活了被儿子杀死的火沙皇(Огненный царь),“是我邪恶的儿子把你打死的。我们应当怎样除掉他?”③。于是,母亲就利用儿子对她的爱,多次想要致儿子于死地。

可见,对于故事中的母亲来说,男女之间的感情要比对孩子的感情重要。

违背道德伦理的母亲最终会受到惩罚,被丈夫用枪打死,或被五马分尸,或孤独终老,无人赡养。

亲生母亲尚且会加害自己的孩子,父亲后娶的继母更是不会喜欢丈夫亡妻留下的孩子。继母和继子女,尤其是和继女之间的故事是世界各民族较普遍的故事类型。在俄罗斯民间故事中同样占据着重要的位置,是发展得比较深入的故事类型。与其他民族故事中的继母形象相同,俄罗斯民间故事的继母是邪恶的象征。她折磨继女,希望摆脱继女,甚至要杀死继女。

继母的负面形象源自古时的异族婚姻制度。“继母和继女的形象出现在婚姻形式改变之后, 即可以从外族娶妻之后”④。梅列金斯基(Е. М. Мелетинский)认为,继母虐待继女是内婚制度被破坏的结果,而且“正是由氏族到家庭的最终转变产生了继母与继女的矛盾”⑤。继母与继女的矛盾体现的

---

① Афанасьев А. Н. Народные русские сказки. Москва:Наука. 1984. Т. 2. С. 115.

② Афанасьев А. Н. Народные русские сказки. Москва:Наука. 1984. Т. 2. С. 62.

③ Афанасьев А. Н. Народные русские сказки. Москва:Наука. 1984. Т. 2. С. 111.

④ Шуклин В. В. Мифы русского народа. Екатеринбург: Банк культурной информации. 1995. С. 173.

⑤ Мелетинский Е. М. Герой волшебной сказки. Происхожденние образа. Москва: Восточная литература. 1958. С. 153.

是不同氏族间的矛盾,"继母并不是对继女本身不满,而是对从继女身上看到的其生母所代表的氏族不满"①,由于继母来自另一个氏族,因为不了解而产生害怕和陌生,人们就想象她会巫术,是巫师,会害人。这几点成为民间故事中的继母负面形象的原因。

在俄罗斯民间故事中的继母与继女的关系也只存在一种类型:继母设法加害和摆脱继女。继母经常打骂继女,让她干家中所有复杂、脏累的家务活,"老太婆不喜欢大女儿(她是继女),经常数落她,很早就把她叫起床,把所有的家务都推倒她身上。女孩饲养家畜,把柴火和水扛回木屋,烧炉子,置办仪式,打扫屋子,干活直到天明"②。"继母不喜欢玛丽亚公主,把她派去放牛,只给她吃干掉的面包皮"③。"继母和异父异母的姐妹嫉妒美丽的瓦西丽萨的美貌,用所有的家务折磨她,希望她能因为劳作而消瘦,由于风吹日晒而变黑,使她完全不能好好生活"④。

虽然继女忍受了这样的折磨,继母还是对继女不满,"老太婆还是不满意,总是对玛尔夫沙喊叫:'你个懒东西,邋遢鬼!扫帚放的地方不对,房子也太乱了!'"⑤;"继母总是对继女说:'你既不聪明,体形也不匀称',不论继女是走、是站,还是坐,怎样都不对,总是不合时宜"⑥。

继母不仅用语言和家务折磨继女,而且想尽办法摆脱继女。即使继母没有自己的孩子,也仍然厌烦继女,想方设法让丈夫把女儿从她身边带走。继母会要求丈夫将继女嫁人,而且是属于另一个世界的危险人物,"直接走到小山上的那棵大松树下,把玛尔弗莎嫁给莫罗兹科"。莫罗兹科是寒冷的统治者,继母这样做是希望莫罗兹科能冻死继女。妻子还会要求丈夫把继女带到森林里,安置在窑洞中,"她在那里可以纺更多的布"。丈夫不在家时,继母会派继女到老巫婆(Баба - яга)——她的姐妹那里去取针线或借火,"到你的姨妈,我的姐姐那里去要一些针线——你应当缝补衬衫!"⑦,希望巫婆趁机能吃掉继女。为了使

① Люсин В. Н. Особенность архетипов женского/девичьего успеха в русской сказке. //Общественные науки и современность. 2000. No 4.

② Афанасьев А. Н. Народные русские сказки. Москва:Наука. 1984. Т. 1. С. 88.

③ Афанасьев А. Н. Народные русские сказки. Москва:Наука. 1984. Т. 1. С. 96.

④ Афанасьев А. Н. Народные русские сказки. Москва:Наука. 1984. Т. 1. С. 102.

⑤ Афанасьев А. Н. Народные русские сказки. Москва:Наука. 1984. Т. 1. С. 88.

⑥ Афанасьев А. Н. Народные русские сказки. Москва:Наука. 1984. Т. 2. С. 92.

⑦ Афанасьев А. Н. Народные русские сказки. Москва:Наука. 1984. Т. 2. С. 99.

摆脱继女的诡计得逞，继母还会杀死一直帮助继女的神奇助手，如母牛、大树。

已经出嫁的继女也不能让继母感到安心。对于嫁得好、过得幸福的继女，继母会嫉妒的发疯。她会抓住机会，利用巫术把继女变成动物，让自己的亲生女儿代替继女享受富贵。

对待继子，继母同样是加害者。故事中，如果继母嫁给的是已经有儿子的丈夫，那么她就不会有自己的孩子。但即便如此，继母也不会将母爱给予继子。继母或者不喜欢继子，或者会对继子产生不正当的爱恋。继母不能给继子带来身体的伤害，不能用繁重的家务来折磨继子。但继母会利用巫术伤害继子或破坏他的婚姻。“后母不喜欢自己的继子，她寻找女巫，希望女巫帮助她除掉继子”①。“商人的儿子伊万已经长大了，长得很英俊，继母爱上了他”。继母如果得知继子要与未婚妻见面，她就会命令仆人“明天船到岸的时候，你把这个别针别到伊万的衣服上”，结果伊万昏睡过去，未婚妻怎么叫都没有把他叫醒。这样三次后，未婚妻就离开了。

故事的结尾，继母都会为自己的邪恶、不公、自私付出残酷的代价：亲生女儿被冻死或被吃掉；自己被烧死或被枪打死。这都表现了俄罗斯民间对那些丑陋的继母的厌恶，更突出了无可取代的亲生母亲之爱的神圣。

综上所述，对于故事中的母亲而言，最重要、最心爱的就是自己的亲生孩子。为了孩子，母亲愿意全心付出，即使自己受苦也要照顾好孩子。强烈的母爱使其在被变成动物或死后仍然促使其关心爱护自己的孩子。对于如此爱孩子的母亲，即使是邪恶的继母，也不能忍受亲生孩子的死亡。因此，伤心的母亲甚至会郁闷而死或是尽力为孩子报仇。但对孩子的爱有时会蒙蔽母亲理智的双眼，例如，为了孩子不受苦，就送孩子去魔鬼那里学习轻松赚钱的方法，或是替孩子犯罪，结果母子都受到了惩罚。故事中的寡母值得人尊敬。在丈夫去世后，母亲一人承担了对孩子的责任，抚养孩子、教育孩子，非常不容易。

但是，不是所有的母亲都爱孩子。继母就是其中的特殊情况。对于丈夫前妻留下的孩子来说，她也是母亲，但她却要伤害，甚至要害死他们。也不是所有的亲生母亲都会对自己的孩子好。为了情人，亲生母亲也会想杀死孩子。在她们心中第一位的是男女之情，其次才是对孩子的爱。

---

① Афанасьев А. Н. Народные русские сказки. Москва：Наука. 1984. Т. 2. С. 256.

三、子女

在只有父母和孩子的俄罗斯民间故事世界的小家庭中,孩子在父母的生命中占有重要的地位。没有子女的家庭被认为是不幸的,父母会尽其所能得到孩子。孩子虽然重要,但在有子女的家庭中强调更多的是孩子对于父母的义务和顺从的态度,并不突出孩子的权利。因此,故事中孩子的形象以及与父母的关系反映在以下几个方面。

1. 子女的重要性

在俄罗斯人民的传统意识中,孩子具有重要的意义。孩子不仅是民族的延续,也是生命的延续。“民间哲学和道德认为,拥有孩子是人类的最高幸福,是生命意义所在”。“没有生养孩子应当感到没有在亲人面前尽到义务”①。多子女的大家庭是幸福家庭的一个重要衡量标准,相反,没有子女的家庭被认为是不完整的。没有孩子的人不仅被认为是不幸的,而且被看作是“上帝对其罪恶甚至是对其父母罪恶的惩罚”②。

俄罗斯民间故事世界同样十分重视一个家庭有无后代,认为没有子女是不幸的事情,“老头子和老太婆的日子过得太惨了！他们活了一辈子,却没有孩子,年轻的时候还能对付过去,但两个人都老了以后,连给口水喝的人都没有,老两口只能悲伤和哭泣”③。父母如此需要孩子是因为“年轻的时候孩子可以给予安慰,年老的时候可以得到孩子的帮助,而死后孩子会为他们祈福”④。

既然孩子在父母的生命历程中如此重要,没有孩子的处境如此悲惨,那么没有子女的夫妻会想尽办法拥有孩子。在自然孕育无果后,他们会利用各种神奇的方式得到子女:

(1)母亲吃鱼后受孕。有权势的沙皇为了能够后继有人,努力寻求能够生育的药方。“在某个王国,住着国王和他的王后。他们已经结婚十年了,但是还

① Авдеев А. А. Семья в докапиталистических формациях//Детность семьи: вчера, сегодня, завтра. Москва: Мысль. 1986. С. 31.

② Листова Т. А. Ребенок в русской семье. Рожденние. Крещение//Обычаи и обряды, связанныхе с рождением ребенка. Москва: РАН. 1995. С. 8.

③ Афанасьев А. Н. Народные русские сказки. Москва: Наука. 1984. Т. 1. С. 146.

④ Афанасьев А. Н. Народные русские сказки. Москва: Наука. 1984. Т. 2. С. 242.

没有孩子。所以国王向所有人发出告示:谁可以医治王后,可以让她怀孕?”①。为了得到药方,国王慷慨地宴请了所有聚在一起想办法的王公贵族、富商与农民,让他们吃饱喝足。国王最终求得的药方大多是让王后吃下在池塘里捉住的狗鱼、欧鳊或鲈鱼。结果不仅王后怀上了孩子,喝了洗鱼水的牛和舔了盛鱼盘子的女厨师也怀上了孩子,并且在同一天,同一时刻,同一分钟生下了孩子。

吃鱼受孕是比较普遍的故事母题。鱼是原始社会较为普遍的图腾祖先。而鱼自身又具有旺盛的繁殖能力,因此鱼便成为原始意识中生殖能力的象征。吃鱼受孕的母题是对古时“吃掉图腾祖先以使其复活的仪式”②的反映。

(2)父母为自己“做出”一个孩子。过了生育年龄的老年夫妻为了有一个孩子宽慰自己,可以为自己做出一个孩子。“老夫妻做了一块小垫板,把它包在襁褓里,然后放到吊篮中。他们摇着吊篮,唱着催眠曲,这块木板变成了儿子捷列什奇卡(Терешечка),真正的心肝儿宝贝!”③。

(3)向上帝祈祷。随着东正教在古罗斯的传播,孩子是上帝的礼物的信念被人民接受,因此,民间故事中开始出现向上帝祈祷孩子的情节。没有子女的夫妻会虔诚地向上帝祷告。“有一对老夫妻,他们一生没有子女。他们想着自己已经很老了,很快就要死了,但上帝却没有赐予他们继承者,于是他们向上帝祷告,希望上帝能赐给他们一个孩子”④。富有的夫妻为了得到上帝的垂青,不仅向上帝祈祷,还会分给乞丐食物及财物,或是为了所有东正教的信徒,在不能过人的沼泽上修建了一座长桥。听到祷告、看到善行的上帝会让久未生育或过了生育年龄的女人如愿怀上孩子,或是指引老夫妻从每家拿一个鸡蛋,从中孵出孩子。

(4)父母从炉子中得到孩子。在俄罗斯民间故事世界中,炉子与孩子的出生也有着关联,如《神奇的笛子》(Чудесная дудка)中,没有孩子的老公公走到街上,将雪团成雪球,然后放到盖了裘皮大衣的炉子上——于是雪姑娘(Снежевиночка)诞生了。《手指男孩》(Мальчик с пальчик)中,“老婆婆正在剁白菜准备做馅饼,不小心剁下来一根小手指头,然后扔到了炉子里。突然听

---

① Афанасьев А. Н. Народные русские сказки. Москва: Наука. 1984. Т. 1. С. 216.

② Пропп В. Я. Мотив чудесного рождениюя//Ученые записки ЛГУ. Серия филологических наук. 1941. Вып. 12 . No 81. С. 91.

③ Афанасьев А. Н. Народные русские сказки. Москва: Наука. 1984. Т. 1. С. 146.

④ Афанасьев А. Н. Народные русские сказки. Москва: Наука. 1984. Т. 1. С. 216.

到有人在炉子后面喊:‘妈妈！把我从这里抱下来’”。在古代,人们认为“出生的活人是复活了的死人”①,而炉子是家中埋葬先人的地方。因此,故事中从炉子或炉子上面“变出”孩子是古老的在家中埋葬亡者习俗,认为出生的孩子是先人复活认识的反映。

以上述方式诞生的孩子多有着异于常人之处。他们中有的不是“按年生长,也不是按天生长,而是按小时,按分钟生长”。在快速长大后,他们会拥有惊人的力量,“所有的椅子都在他身下被压碎”,“能够在指间转动五十普特(пуд)的铁棍,就像转动鹅毛一样”。他们后来多成为战胜蛇怪的勇士,“只要挥一下军棒,蛇怪的三个头就被砍了下来,再一下,剩下的头也被砍了下来”。有的孩子拥有心想事成的能力,有的则可以和动物交流。不论他们拥有怎样的能力,是否有特殊的能力,这些孩子都和正常出生的孩子一样,得到了父母的疼爱,同时也给父母带去欢乐,安慰和照顾父母的生活。

2. 孩子敬重顺从父母

在俄罗斯传统意识中,尊重长辈,敬重父母是评价子女行为的重要标准。“按照农民道德,所有的行为规范都要求子女一生无条件地尊敬父母”②。这一行为准则同样适用于故事世界。子女对父母的敬重主要体现在对父母意志的绝对服从。

子女会听从父母对于他们婚姻的安排。即使有不满或发现符合父母提出的娶妻标准,如“能够带上宝石戒指”的人是自己的亲姐妹,也要照做。

当父母提出要求时,即使要冒生命之险,子女也要完成。在《装出的病》故事中,母亲对伊万王子说:“我亲爱的孩子,我感觉好一些了;但是我听说田野里有一个九头怪兽。你去把它杀死,然后把它的九颗心带回来”。王子虽然很累,但仍然按照母亲的要求立刻出发与怪兽搏斗,拿回九颗心。孩子会完成父亲的心愿,到遥远的未知国家替父亲去寻找失踪的妻子或可以让人变得年轻的苹果。

子女对父母的敬重与顺从还表现在非常重视父母的祝福。在俄罗斯民间没有父母的祝福,“孩子们不会开始重要的事情(更不用说婚礼),不会解决重要

---

① Пропп В. Я. Мотив чудесного рожденияю//Ученые записки ЛГУ. Серия филологических наук. 1941. Вып. 12. № 81. С. 91.

② Громыко М. М. Мир русской деревни. Москва:Молодая гвардия. 1991. С. 88.

的问题,也不会离开家"①。这是因为,人们深信,父母的祝福拥有不可抗拒的力量,"母亲的祝福能将海翻转过来"②。因此,孩子在离家或举行婚礼前都要求得父母的祝福。这一思想也渗透到了故事中。"我的母后！请祝福我去远方。为什么我要在这里生活,最好还是离开去寻找我自己的强国"③。"有一位老人,他有一个非常好的儿子。一天儿子想出远门,他与老人告别并得到父亲的祝福,然后就上路了"④。"伊万王子从父皇那里得到祝福和允许,然后去闯荡世界……"⑤尽管儿子可以自行选择未婚妻,但仍然需要得到父母的祝福和允许。例如,想要娶到公主的儿子会恳请母亲为自己去提亲,"请替我提亲,我的妈妈！这个国家里有一位公主很漂亮"⑥。如果选定了父母未见过面的未婚妻,儿子会将未婚妻带到父母家中,一起请求父母的允许,"亲爱的爸爸和妈妈,请让我们结婚吧"⑦;"伊万王子回到家中对父母说:'父亲和母亲！我想要结婚,我想娶远方国家的公主',父母祝福了他,派人去接公主"⑧。得到父母的祝福,儿子才能举行婚礼,"沙皇和皇后祝福了王子和大公的女儿,为他们举行了婚礼"⑨。

但有时孩子会在没有得到父母祝福的情况下离开家。在《野兽的奶》(Звериное молоко)中,邻国由于发生灾难,所有的人民都死了。王子希望父亲祝福他到邻国生活,但父亲没有同意。在没有得到父亲祝福的情况下,王子仍然出发。结果遇到了磨难。没有得到父母祝福就自行行事的情节在故事世界中是特例。主人公后来受到姐妹和蛇怪的陷害也表明,父母祝福对于子女的重要性。那些顺从父母,完成父母心愿,得到父母祝福的孩子才能够得到幸福。这符合民间的价值取向,即"孩子敬重父母被认为是健康、长久和幸福生活的保

① Никитина А В, Русская традиционная культура. СПб. : Изд – во С. – Петерб. ун – та. 2002. С. 269.

② Фирсов Б М, Киселева И. Г. Быт великорусских крестьян – землепащцев: Описание материалов этногр. бюро кн. В. Н. Тенишева. СПб. :Изд – во Европейского Дома. 1993. С. 136.

③ Афанасьев А. Н. Народные русские сказки. Москва:Наука. 1984. Т. 2. С. 94.

④ Афанасьев А. Н. Народные русские сказки. Москва:Наука. 1984. Т. 2. С. 284.

⑤ Афанасьев А. Н. Народные русские сказки. Москва:Наука. 1984. Т. 2. С. 31.

⑥ Афанасьев А. Н. Народные русские сказки. Москва:Наука. 1984. Т. 2. С. 41.

⑦ Афанасьев А. Н. Народные русские сказки. Москва:Наука. 1984. Т. 2. С. 366.

⑧ Афанасьев А. Н. Народные русские сказки. Москва:Наука. 1984. Т. 2. С. 377.

⑨ Афанасьев А. Н. Народные русские сказки. Москва:Наука. 1984. Т. 2. С. 396.

障”①。

3. 孩子赡养父母

俄罗斯人民认为，赡养父母是孩子应尽的义务。因为，在孩子还小时，父母疼爱他们，爱护他们，承担着教育孩子的责任。孩子长大后就应当照顾年迈的父母。“不论和父母的关系如何，不帮助和不关心年老的父母都被认为是一种罪恶”②。“上帝会惩罚不尊敬父母，粗鲁地对待父母的人”③。故事中的孩子都能够尽到赡养父母的义务。“有一位老婆婆。她有一个儿子，靠打猎为生，去到各个地方，射猎野禽和野兽，以此养活自己和母亲”④。“有一位商人，很富有。他有一个成年的儿子。很快商人去世了。留下儿子和母亲相依为命。儿子开始做买卖，但并不顺利……小伙子看到家里没有可吃的东西，他坐到窗下的长凳上，挠着脑袋想，我怎样才能养活自己和母亲呢?”⑤。当儿子们要去远行，为沙皇寻找失踪的公主，建立功勋时，他们仍然十分惦念母亲。因此，他们对国王提出的条件就是“不要不管我们的母亲，不要让她生活得又老又贫困”。

孩子在成家后，会将父母接到自己身边赡养，如成为沙皇的长兄会将父亲接到自己的王国一起生活；出嫁的女儿也会和父亲生活在一起，照顾父亲的后半生。即使父亲曾经将儿子赶出家门，但儿子仍然会把父亲接到身边赡养，如伊万对父亲说：“我的父皇！你把我从你的家里赶出来，但我把你接到我这里。和母亲一起在我这里生活到老吧！”⑥

赡养父母在民间被认为是儿子的义务，但在故事中，女儿也会照顾相依为命的父亲，婚后也会和父亲生活在一起。相对于赡养父亲，在对母亲的照顾中更强调儿子的养家责任。因为，在一个家里，男人是收入的主要来源，如果父亲不在，成年的儿子就要承担此项责任。

故事世界中尽到赡养义务的孩子都是正面的主人公，他们会和自己的父母

---

① Костомаров Н И, Домашняя жизнь и нравы великорусского народа. Москва: Экономика. 1993. С. 145.

② Никитина А В, Русская традиционная культура. СПб. : Изд – во С. – Петерб. ун – та. 2002. С. 271.

③ Фирсов Б М, Киселева И. Г. Быт великорусских крестьян землепашцев: Описание материалов этногр. бюро кн. Тенишева. СПб. :Изд – о Европейского дома. 1993. С. 186.

④ Афанасьев А. Н. Народные русские сказки. Москва: Наука. 1984. Т. 2. С. 239.

⑤ Афанасьев А. Н. Народные русские сказки. Москва: Наука. 1984. Т. 2. С. 124.

⑥ Афанасьев А. Н. Народные русские сказки. Москва: Наука. 1984. Т. 2. С. 284.

幸福、富裕的生活在一起。这表明，故事家庭中成年的孩子照顾和关心父母的行为符合民间的道德标准，因此，得到了人们的肯定。

如果父母认为儿子没有尽到赡养的义务，会向地主控诉儿子，而地主一定会站在父母一边，责令儿子履行应尽的义务。有时母亲认为孩子不能赡养他们，母亲就会诅咒孩子。《关于死人的故事》（Рассказы о мертвецах）中，大儿子被征兵到很远的地方，小儿子也去当兵。对此母亲十分生气，“现在谁还能够赡养我们？”①于是诅咒了小儿子。父母的诅咒，特别是从母亲口中说出的诅咒能够完全把受诅咒的孩子推到魔鬼的一边②。受到诅咒的孩子一定会发生不幸。在故事世界中，如果还在襁褓中的孩子哪怕受到母亲无心的诅咒，那么这个诅咒也会起作用。在孩子长大后会被魔鬼撒旦召去，无法回家。受到母亲诅咒的孩子在死后“不能被土地接受”。为了能够被埋葬，死去的孩子只能请求母亲的原谅。在俄罗斯民间“让神圣的土地不接受你”是十分严厉的指责。因此，故事中母亲对孩子诅咒带来的后果既是对不能让母亲满意，不能尽到赡养义务的孩子的严厉惩罚，也是对听故事人的警戒。

4. 孩子是父母的助手

故事家庭中的孩子，包括未成年的孩子会帮助父母干农活，做家务，减轻父母的负担。儿子会帮助父母割草、堆草堆、放牧、捉偷粮食的小偷，一起与父亲为家庭创造财富。女儿则主要负责家务，如做饭、纺织、照看弟弟等，如果没有做好家务，父母会对此不满意，认为孩子“这么年轻，吃得多，睡得实，但什么事都不做”③。在传统的俄罗斯农村，帮助父母劳作是孩子的义务之一。“按照农民的概念，培养孩子首先应当将其培养为劳动者”④。因此，故事中孩子协助父母的行为符合民间应遵循的孩子的行为规范，被认为是理应完成的行为。

孩子对父母的帮助不仅局限于日常劳作。在父母受到社会上层人物的欺负时，孩子会维护父母的利益，如地主看到没有人赶的马自己在田间犁地，觉得很神奇。当得知是像手指大小的男孩在马耳朵里控制马后，要求男孩的父亲将男孩卖给他。男孩早就想到这一点，嘱咐父亲“如果有人想要买我，就大胆地卖

---

① Афанасьев А. Н. Народные русские сказки. Москва：Наука. 1984. Т. 3. С. 67.

② Власова М，Новая абевега руссих суверий. СПб. ：Северо – Запад. 1995. С286.

③ Афанасьев А. Н. Народные русские сказки. Москва：Наука. 1984. Т. 3. С. 132.

④ Семенникова Л. И. Российская повседневность：от истоков до середины 19 века. Москва：КДУ. 2009. С. 216.

掉我,不用担心,我不会一去不回,一定会回来的"①。结果果然跑回家,让地主白花了买他的钱。

故事反面人物的孩子也是父母的助手,但做的是坏事,例如,巫婆抓到一个小男孩,在出门前巫婆"吩咐自己的女儿:'我的女儿,把炉子烧得热热的,我要把秋费尔费留什卡(Чуфиль – Филюшка)煮了做晚饭'"②。于是巫婆的女儿就将炉子烧热,准备协助母亲吃掉小男孩。

5. **孩子关爱父母**

故事家庭中孩子最主要的义务就是敬重与服从父母,以父母的意志行事是孩子的重要行为准则。但是在和谐的家庭中,不仅应当有起到调节家庭成员行为的规范标准,也应当有彼此的关爱。父母向孩子付出了爱,孩子也回报父母以爱。孩子对父亲的爱体现在,当父亲遇到困境时,孩子会不考虑自己的安危去解救父亲,如《海沙皇和美丽的瓦西丽萨》中,口渴的沙皇在湖边喝水时,"被水沙皇抓住了络腮胡子",只有同意交出"家中所不知的东西",水沙皇才会放过父亲。沙皇回家后才得知,家中所不知道的是妻子为其生的一个儿子。儿子长大后,水沙皇向沙皇讨要儿子。为了替父亲实现诺言,保护父亲不受惩罚,儿子就跟随水沙皇到其所在的遥远陌生的国度。在《被诅咒的王子》中,父亲为给女儿找到心爱的花朵误入蛇怪的花园。蛇怪迫使父亲同意将回家路上遇到的第一个人送给他,结果这个是父亲的小女儿。为了使父亲免受蛇怪的威胁,小女儿毅然决定冒险离家到蛇怪那里去。此外,得知父亲被蛇怪杀死,孩子们会努力让父亲复活,"母亲!请给我们一袋面包干,我们要去复活父亲",并最终在神奇助手的帮助下使父亲复活。

孩子对母亲的爱主要体现在对母亲的细心照顾。被父亲赶出家门的母子相依为命。为了不让母亲途中受累,儿子"让母亲骑在马上,而自己走在马旁"③。为了能让生病的母亲好起来,儿子愿意寻找所有提出的药方。或是原本贫穷的儿子变得富有后会邀请母亲和自己共同享有财富,"这是我的宫殿,和我一起住在这里吧"④。

---

① Афанасьев А. Н. Народные русские сказки. Москва:Наука. 1984. Т. 2. С. 336.
② Афанасьев А. Н. Народные русские сказки. Москва:Наука. 1984. Т. 1. С. 112.
③ Афанасьев А. Н. Народные русские сказки. Москва:Наука. 1984. Т. 2. С. 89.
④ Афанасьев А. Н. Народные русские сказки. Москва:Наука. 1984. Т. 3. С. 132.

以上描述的是故事中爱父母，在所有事情上听从父母安排、敬重和照顾父母、符合传统的家庭伦理要求的孩子形象。但是故事家庭中也有不听父母话的孩子。

6. 孩子欺骗父母

孩子也有欺骗父母的时候。在《大公丹尼拉·戈沃里拉》(Князь Данила - Говорила)故事中，女主人公在森林中发现一座小木屋。“木屋里坐着一位美丽的姑娘，在用金和银缝制台布。她亲切地接待了女客人，但叹了一口气，说道：‘可人儿，妹妹！我是真心喜欢你。我的母亲不在时，我欢迎你，疼爱你；但是当她飞回来后，我和你的灾难就来了：她是一个女巫！’”①。在母亲回来前，巫婆的女儿将女主人公变成了一根针，在女巫嗅到人的味道时，女儿为女主人公遮掩。后来，女巫的女儿还和女主人公一起逃跑，摆脱了女巫母亲。

这里女儿虽然欺骗了母亲，但她的行为是为了挽救好人的生命，不与巫婆母亲同流合污。因此，从孩子对母亲的角度，巫婆的女儿欺骗了母亲。但从正义的角度，巫婆的女儿做了正确的事情。

通过对父亲、母亲和孩子形象，他们所承担的义务和责任的分析，我们将俄罗斯民间故事中父母与子女的关系特征归结如下：

(1)父母专制是父母与子女之间关系的首要特点。故事家庭突出父母对于子女所拥有的权力，强调孩子的从属地位，要求子女尊重和完全服从父母的意志，尽到赡养父母的义务。

(2)父权至上。父亲是一家之主，全家人都要服从父亲的统治。父亲相较于母亲，拥有更高的决定权②。这是因为，父亲是家庭收入的来源。经济的决定地位决定了父亲较之于母亲，拥有财产统理权、子女婚姻的决定权和对孩子的惩戒教令权。母亲只有在父亲地位缺失的情况下才拥有对孩子的统治权。父权的至上地位还体现在，孩子被认为是属于父亲的，不属于母亲，“吵嘴的乌鸦夫妻请求听得到鸟语的沙皇评判：他们的儿子应当属于谁——父亲还是母亲？沙皇回答他们：父亲”③。

(3)爱是父母与子女之间关系的纽带。父母都非常关心和爱护自己的子

① Афанасьев А. Н. Народные русские сказки. Москва：Наука. 1984. Т. 3. С. 149.
② 徐佩：《俄罗斯民间故事中父亲观念研究》，《西伯利亚研究》2010 年第 3 期。
③ Афанасьев А. Н. Народные русские сказки. Москва：Наука. 1984. Т. 2. С. 360.

女,为子女担心。“老婆婆说:‘我的小伊万在哪里呀?哪怕让我做梦梦到他呀!’而老公公说:‘我梦到了,好像天鹅用自己的翅膀把我们的小伊万送回来了!’。当儿子回来后,老头子抱住了他,将他领到母亲面前,母子不停地拥抱”。而且互相关爱的父母和孩子都愿意为保护对方牺牲自己。生活在爱之中的父母与子女都能够收获美好的结局。

(4)父母和孩子在对方生命中占有重要的位置。故事中没有父母,或是只是没有母亲或者父亲的孩子都被称为孤儿。孤儿的生活都很苦,要去流浪,就像阿廖奴申卡和伊万奴申卡姐弟;要向成人一样耕作,就像在田间辛苦劳作的谢米奥(Семион)七兄弟;会受到继母或雇主家的虐待。因此,没有父母或缺失其中的一方,孩子的生活都会变得艰辛。同样,孩子对于父母来说也是十分重要的,因为孩子小时可以带给父母欢快,长大后还可以赡养他们。所以,没有子女的父母才会努力想拥有孩子,哪怕是用木头给自己做一个孩子。

(5)父母对儿子和女儿的要求不同。在民间故事中,对儿子和女儿的行为和责任要求不同。父母希望儿子是自己晚年的赡养者,因此,自小就培养他们做农活,送他们去当学徒,如果父亲不在,儿子就要承担养家的责任。对于犯错的儿子,父亲会毫不留情地使用体罚的惩戒方式。但是,父亲的遗产都会留给儿子,在婚姻选择方面,儿子也拥有较大的自主权。至于女儿,父母更看重她在家务方面的能力,会让女儿照看还小的弟弟,进行纺织等。对女儿出嫁前的行为,父母也有严格的要求,不允许女儿随便上街与人交谈。在婚姻安排方面,女儿的婚姻都由父亲做主。故事中父母对儿子和女儿的不同培养方向和行为要求也看出故事社会对男性和女性的不同要求。这种要求本身即表明女性的权利要少于男性。

通过俄罗斯民间故事对家庭成员形象和关系的描写,我们可以看出,俄罗斯传统社会的人民支持家庭成员遵守家长专制的行为准则,强调父母与子女互相关爱。同时,批判不和谐的父母与子女关系。对于没有尽到对孩子的责任,却滥用手中权利伤害子女的父母,人们都对他们进行了严厉惩罚。没有遵守父命,为死后的父亲祈福的孩子也同样失去了父亲的支持。

俄罗斯故事中的父母与子女的关系中也受到东正教教义的影响。首先,没有子女的父母会向东正教的圣徒求助,会为教徒做善事。其次,东正教的教义起到调节父母与子女行为规范的作用。父母的祝福和诅咒都是东正教的范畴。

根据东正教的教义,父母的祝福是“牢不可破”“不会沉于水中,也不会毁于火中”的。因此,在作出重要的决定时,一定要得到父母的祝福。父母的诅咒,尤其是母亲的诅咒最为可怕,会让孩子被魔鬼纠缠,不得安生。这既表明了子女不服从父母的不良后果,同时也是对要向孩子施诅咒的父母的提醒。这都表明,东正教的教义在故事家庭里父母与子女关系中占有重要的地位。

第四节　兄弟姐妹

俄罗斯民间故事中的家庭多为多子女的家庭,其中最为常见的是三个兄弟、三个姐妹或一姐一弟。此外也有数量更多的兄弟姐妹,如谢米奥七兄弟,十二个公主,等等。他们在家庭中扮演的角色、完成的行为、彼此间的关系是构成完整的家庭世界图景的重要组成部分。

故事中的兄弟姐妹重视长幼次序。对年纪大的兄长或姐姐的行为要求与弟弟或妹妹的行为要求不同。同性之间的长幼与异性间长幼的行为表现也存在不同。因此,我们将分别描述同性间和异性间的长幼形象和相互关系。

一、兄长

1. 兄弟中的兄长

俄罗斯民间故事中的兄弟不存在跨越年龄段的差别,即兄弟都是孩子,或都是达到婚龄,未婚或已经结婚的成年人。故事家庭如同现实的宗法家庭,长幼之间存在着权力和等级的差异。父亲是故事家庭中地位最高的领导,其后即是长子。在父亲外出或去世的情况下,其他兄弟和姐妹应当向尊重父亲一样尊重长兄,服从他的命令。长兄地位的重要性使得同一天,同一时刻出生的同父异母的兄弟一定要分出长幼次序,“我们怎么可以不分兄长和弟弟呢?”①在能力相当的情况下兄弟们一定要通过比试力量或其他能力来决定出长幼顺序,“兄弟们,我们每人买一个玻璃球吧,然后把球向上抛,抛的最高的那个人就是长兄”②;“兄弟们,谁能制住这个大动物(海里的两栖动物),谁就是我们中的长

---

① Афанасьев А. Н. Народные русские сказки. Москва:Наука. 1984. Т. 1. С. 236.
② Афанасьев А. Н. Народные русские сказки. Москва:Наука. 1984. Т. 1. С. 216.

兄”①;“王后的儿子说,父亲让他做长子,而苏琴科(Сученко)(狗生下的儿子)不同意,认为应当以比试力量——以向远方投剑的距离长短来决定长幼”②。由于兄弟的能力相近,有时需要比试两次才能决出长幼。对长兄地位的激烈争夺印证了长兄的重要性和对其他兄弟的威信与权力。故事中分出长幼次序的兄弟中兄长主要有以下几个形象。

(1)彰显权利的兄长。兄长会对弟弟发号施令,让弟弟完成他的要求。例如,要出门做生意的兄长会要求最小的弟弟“你留在家里,如果我们的妻子,你的嫂子,要求你做什么事情,你就照做”③;由于害怕,兄长不想晚上去父亲的坟前阅读,就派最小的弟弟去,“伊万傻瓜(Иван - дурак),你去父亲的坟地,替我守夜,你什么都不做”④。兄长的命令,弟弟必须遵守,即使是会给自己带来不利的命令,如长兄为了霸占父亲全部的遗产,将弟弟赶出自家的浴室,弟弟虽有意见,但也只好照做。

(2)能力强的兄长。在兄弟间决出长幼的较量中,兄长就展示了自己高于弟弟的超人力量,如军棒扔的最高,可以战胜海怪,一剑就杀死九头蛇怪,打跑专剥人后背肌肉的邪恶小老头,等等。不仅如此,兄长可以说是胆大心细。在兄弟轮流值夜时,兄长由于不放心弟弟们,还是“每天半夜准时拿着盾和剑值夜”⑤。

如果兄长的能力高于弟弟,那么他会用自己的能力帮助弟弟,例如,兄长能够帮助弟弟娶到合心意的妻子。“三兄弟来到一个陌生的印度王国……国王派大臣去打听是什么人未经国王的允许就在其神圣的草原扎寨……布里亚勇士牛的儿子答道:我们是强悍的勇士,来向国王的女儿提亲,向你的国王报告,让他把自己的女儿嫁给伊万王子为妻,如果不嫁就让他派军队来”⑥。国王害怕布里亚勇士的力量,只好将女儿嫁给勇士最小的弟弟伊万王子为妻。兄长不仅给一位兄弟找到未婚妻,还会帮其他的兄弟也找到未婚妻,如兄长在地下王国历险时,会战胜蛇怪解救出被困的公主们。这些公主被兄长带回地面,许给自己的弟弟们做妻子,“伊万 · 苏琴科(Иван Сученко)将最小的公主绑到绳子

① Афанасьев А. Н. Народные русские сказки. Москва:Наука. 1984. Т. 2. С. 216.
② Афанасьев А. Н. Народные русские сказки. Москва:Наука. 1984. Т. 2. С. 236.
③ Афанасьев А. Н. Народные русские сказки. Москва:Наука. 1984. Т. 1. С. 165.
④ Афанасьев А. Н. Народные русские сказки. Москва:Наука. 1984. Т. 2. С. 5.
⑤ Афанасьев А. Н. Народные русские сказки. Москва:Наука. 1984. Т. 1. С. 171.
⑥ Афанасьев А. Н. Народные русские сказки. Москва:Наука. 1984. Т. 1. С. 217.

上，然后摇动绳子，嘱咐公主说：‘等你被拽到上面以后，你就喊：皇后的儿子！他会回答：是。你就说：我是你的未婚妻！’”①。长兄以这样的方式分别为弟弟们找到了未婚妻。

有能力的兄长还会帮助弟弟教训“不听话”的妻子。长兄晚上假装成弟弟躺在床上，而“玛丽亚公主（最小弟弟伊万王子的妻子）抓起枕头，要闷死布里亚勇士（长兄）。布里亚勇士从她身下跳起，拿起铁鞭子，开始抽打她。一直打到鞭子完全断掉；然后又拿起铜鞭子，直到这根也打断；最后拿起了锡鞭子……早晨布里亚勇士起床后到伊万王子那里，告诉他说：‘兄弟，去看看吧，你的妻子已经被我教训好了。现在你们可以和睦地生活，要爱对方，不要忘了我’”②。

拥有智慧和力量兄长在和兄弟的历险中，多次将弟弟们从危难中解救出来。在《布里亚勇士－牛的儿子伊万》中，长兄会让弟弟们进入巫婆的鸡足小木屋，吃上屋内的美食，“看吧，兄弟们，如果不是我，你们什么也得不到”③。长兄还能够识别伪装的妖怪，在兄弟们熟睡时，“知道兄弟不可靠，就自己去值夜”。结果战胜蛇怪，保护了弟弟们的性命。兄长可以机智地偷听到蛇怪的母亲巫婆和儿媳们要谋害兄弟的谈话，所以识破妖魔的诡计，一次次地阻止兄弟上当，挽救他们的性命。

即使没有特殊的神奇能力，听到被巫婆抓住的弟弟的呼救声，在森林中休息的兄长也会“立刻从地上爬起来追赶巫婆，从巫婆手中夺回费留什卡（Филюшка）”④。

（3）肯做出牺牲的兄长。在粮食紧缺的时候，为了弟弟，兄长肯挨饿，愿意为弟弟做出牺牲。在《关于生金蛋的鸭子故事》（Сказка про утку с золотым яйцами）中，摆脱了想杀死他们的母亲后，感到饥饿的两兄弟向放牛人要到一块面包。哥哥将这块面包给了弟弟，“你吃吧，兄弟，你的力量弱些，而我更强壮——因此我可以忍耐”⑤。

（4）自私善妒的兄长。故事家庭中，也自私善妒的兄长。他们妒忌的对象多是最小的弟弟。兄长由于胆小、懦弱，没有勇气去战胜困难，“怎么才能爬过

---

① Афанасьев А. Н. Народные русские сказки. Москва：Наука. 1984. Т. 1. С. 237.
② Афанасьев А. Н. Народные русские сказки. Москва：Наука. 1984. Т. 1. С. 167.
③ Афанасьев А. Н. Народные русские сказки. Москва：Наука. 1984. Т. 1. С. 223.
④ Афанасьев А. Н. Народные русские сказки. Москва：Наука. 1984. Т. 1. С. 112.
⑤ Афанасьев А. Н. Народные русские сказки. Москва：Наука. 1984. Т. 1. С. 51.

这些山呀，会将脑袋摔断的”①；也没有能力找到父亲需要的宝物，“他们走遍了所有的国家也没有找到火鸟，只能空手往家返”②。

但是当他们看到弟弟带着宝物和美丽的姑娘出现在他们面前时，嫉妒驱使他们加害弟弟，夺取他的宝物和未婚妻，抢占弟弟的功勋。

夺取弟弟取得的宝物和未婚妻是俄罗斯民间故事的家庭世界图景中比较常见的情景。在《伊万王子，火鸟和灰狼的故事》（Сказка об Иване－царевиче, жар－птице и о сером волке）里，哥哥们觊觎弟弟的所得，“他们想杀死自己的弟弟伊万王子”，于是“德米特里（Дмитрий）王子（哥哥）从刀套里拿出自己的刀，打晕伊万王子，并且把他砍成碎块”③。或者弟弟下到深坑为兄长救出其中的美女，但兄长在用绳子拉出美女后，却动了邪念，“我们不要放绳子去拉他，这样我们就什么都有了”④。

加害弟弟、夺取弟弟未婚妻和功绩的兄长最终都受到了严惩。他们被得知真相的父亲关进监狱或处死。这样的结局表明，俄罗斯民间对违背伦理，不公平竞争，代表邪恶和无能的兄长的否定。

（5）贪婪的兄长。民间故事中奉行的是父亲遗产长子继承制。因此，兄长可以得到父亲遗产的大部分或全部。但是为了获得更多的遗产，兄长还是会赶跑弟弟，如父亲临终时交代，如果兄长允许，弟弟可以寄住在浴室里。但是在父亲死后，兄长还是将弟弟和妹妹赶出家门，农夫刚死，人们把他埋葬后，大儿子就说到“傻瓜！你和妹妹滚出房子！”⑤。

有的兄长为了遗产，甚至会将最小的弟弟带离母亲的身边，谋划杀死弟弟，“他们（哥哥）向母亲请求带弟弟去打猎，把他带到茂密的森林中，并将他留在了那里——这样他们就可以夺走弟弟的那份遗产，将父亲的全部遗产在彼此间平分”⑥。

2. 兄妹中的兄长

（1）拥有权利的兄长。在父母去世后，兄长成为妹妹的领导。他在妹妹婚

---

① Афанасьев А. Н. Народные русские сказки. Москва: Наука. 1984. Т. 1. С. 112.
② Афанасьев А. Н. Народные русские сказки. Москва: Наука. 1984. Т. 1. С. 114.
③ Афанасьев А. Н. Народные русские сказки. Москва: Наука. 1984. Т. 1. С. 301.
④ Афанасьев А. Н. Народные русские сказки. Москва: Наука. 1984. Т. 1. С. 311.
⑤ Афанасьев А. Н. Народные русские сказки. Москва: Наука. 1984. Т. 2. С. 203.
⑥ Афанасьев А. Н. Народные русские сказки. Москва: Наука. 1984. Т. 2. С. 268.

姻选择上拥有权利。兄长会不经妹妹的同意而答应求婚者的请求，例如，王子看到商人妹妹的画像而爱上她。商人立刻决定，“娶我的妹妹吧，那样我们就是兄弟了”①。

有的兄长虽然能够决定妹妹的婚姻，但也会考虑妹妹的意愿。父母去世前会教导儿子说：“谁第一个向你的妹妹们求亲，你就把妹妹嫁给他，不要把她们留在身边太久！”在有人向他的妹妹求婚后，他会按照父母的遗言并且尊重妹妹的意愿决定将妹妹嫁给谁，“如果你爱她，那么她就嫁给你；我不会剥夺她的意愿”②。

（2）承担责任的兄长。兄长有教导妹妹的责任。兄长离家去做生意时，他会告诫妹妹，“亲爱的妹妹，我现在要出远门，要留你一人在家；在家要小心，行为要谨慎，不要参与到不好的事情中，不要与陌生人闲聊”③。

兄长承担照顾妹妹生活的责任。没有父母，相依为命的两人需要有人赚钱养家，而此项责任会由兄妹中的兄长担任，“兄长在林中打猎，兄妹以此为生”④。或是兄长在外做生意，妹妹则管理家中事务。即使婚后“也没有忘记妹妹，在妻子面前还是像婚前一样爱护和尊重妹妹”，仍然负责妹妹的生活。

（3）勇敢的兄长。兄长十分关心重视自己的妹妹，如果发现妹妹遇到危险，兄长即使没有过人的能力，也会不顾自己的安危，勇敢地去解救妹妹。在《熊沙皇》（Царь - медведь）故事中，兄长发现和他共同经历磨难的妹妹被蛇怪劫走后立刻前去寻找，并在神奇助手的帮助下解救出了妹妹，而在《白桦树和三只雄鹰》（Березка и три сокола）中妹妹被魔鬼变成白桦树后，没有特殊能力的兄长立刻前去解救她，但为此自己被变成雄鹰。

（4）糊涂的兄长。兄长的糊涂体现在，他要娶自己的妹妹为妻。根据母亲的遗言，女主人公的兄长要娶刚好能够戴上母亲留下戒指的姑娘为妻。最终合适的人选竟然是女主人公，于是她的兄弟对她说，“啊，妹妹，你就是我命中注定的人，你将是我的未婚妻”。虽然女主人公劝说他“想想上帝，想想罪孽，人们可以娶姐妹为妻吗？”但是兄长仍然要这么做。这使女主人公被迫离家，经历了一

---

① Афанасьев А. Н. Народные русские сказки. Москва：Наука. 1984. Т. 2. С. 322.

② Афанасьев А. Н. Народные русские сказки. Москва：Наука. 1984. Т. 2. С. 253 – 254.

③ Афанасьев А. Н. Народные русские сказки. Москва：Наука. 1984. Т. 3. С. 73.

④ Афанасьев А. Н. Народные русские сказки. Москва：Наука. 1984. Т. 2. С. 97.

番冒险。

糊涂的兄长还会受人蒙骗，对妹妹的行为产生不满，结果将妹妹骗到森林中，"砍下了妹妹手肘以下的部分，自己骑马离开了妹妹"，把妹妹留在了森林中忍受寒冷和饥饿。但兄长这么做是因为受到了妻子的挑唆，骗丈夫说他的妹妹杀了他们的孩子。信以为真的兄长才决定惩罚妹妹。

对于兄长糊涂得伤害妹妹的行为，故事中都给出了原因，表明兄长这么做并非出于本意，而且在故事的最后，兄长都意识到自己的错误，同时得到了妹妹的谅解。这表明了人民对于加害妹妹的兄长的宽容态度。

二、弟弟

1. 兄弟中的弟弟

俄罗斯民间故事家庭中以兄弟三人最为常见。在三兄弟中，弟弟可以分为两个类型。

(1)勇士型。该类型的弟弟通常是三个王子中最小的一个。他非常勇敢，有能力，待人和善。勇士型的弟弟能够不畏艰险，毅然翻过兄长害怕的陡峭的山脉，下到骇人的熔洞，为父亲捉到火鸟，取得长生果。他能用大力战胜强大的妖怪，"蛇怪攻击伊万王子，王子只是在马上晃了一下；而伊万王子一下就砍下蛇怪的五个头，再一下就杀死了蛇怪"①，救出受困的母亲。由于尊敬长者，有毅力，最小的王子总是能够得到神奇助手的帮助，完成父亲托付的使命。他信任兄长，帮助他们从深坑中的救出喜欢的姑娘。他能够宽容地对待加害他的兄长，甚至替兄长向父亲求情以轻罚兄长。解救母亲，完成父亲的心愿使伊万王子成为家庭的捍卫者。善良、有礼貌、有力量、捍卫家庭等元素使三王子与自私、残忍和善妒的兄长形成鲜明的对比，获得了人民的喜爱。

(2)傻瓜型。"傻瓜弟弟"是俄罗斯民间故事中受人喜爱的故事形象。俄罗斯民间故事中的傻瓜形象有两种类型：第一种是真正的傻瓜；第二种是"怪人"②(чудак)傻瓜。真正的傻瓜是日常生活故事中的主人公。他会向白桦树卖牛，会在别人的婚礼上脱帽哭泣，是真正的蠢人。第二种傻瓜是神奇故事的

---

① Афанасьев А. Н. Народные русские сказки. Москва: Наука. 1984. Т. 2. С. 313.

② Мелетинский Е. М. Герой волшебной сказки. Москва: Академия Исследований Культуры, Традиция. 2005. С. 188.

主人公，之所以说他是“怪人”，是因为他与周围“正常的”，重实际的兄长行为不同，拥有“精明”的兄长所不具备的品质。

神奇故事中的傻瓜根据兄弟的数量上也可以分为两种：一种是三兄弟中最小的弟弟，如《西夫科－布尔科》中的伊万傻瓜和《叶梅利亚傻瓜》（Емеля－дурак）中的叶梅利亚傻瓜；另一种是寡妇的独子，如寡妇的儿子马丁。我们这里涉及的是作为最小弟弟的傻瓜。

傻瓜弟弟外貌丑陋，衣着邋遢，而且让兄长们觉得他很消极。消极是傻瓜弟弟的特征，例如，沙皇提出招亲告示时，他不急着去接受考验，而是做好准备后，一鸣惊人；他还很懒惰，整天“躺在火炕上”，无所事事。因此，“精明”，实际的兄长会嘲笑看不起自己弟弟的“愚笨”，他们会对傻瓜弟弟说，“听着，傻瓜，我们要进城，随身也会带走你的100卢布；如果赚钱了，就分你一半，给你买红衬衫，红帽子和红靴子”，认为弟弟为了衣服会安心把仅有的钱给他们①；或是哥哥们会要求最小的弟弟代替他们去父亲的坟墓守夜，“伊万傻瓜！你去父亲的墓地，替我守一夜，反正你什么事都不做！”在小弟弟请求哥哥们给他一匹马去看公主招亲时，哥哥们会说“你就坐在火炕上吧！你去什么去呀？你只会惹人笑”；在伊万傻瓜试探自己的哥哥，出现在招亲上英俊的小伙子是否为自己时，哥哥们也会嘲笑他“你见鬼了吗？傻瓜，你就坐在炉子上擦鼻子吧！”，“你连她的指甲都配不上”。

但是以上这一切都是傻瓜弟弟的“面具”。在这一切的表象下，隐藏着一颗善良、真诚的心。“傻瓜”弟弟会听从父亲的临终遗言，到父亲的墓前守灵祈祷，祭奠父亲，并且会代替“聪明的哥哥们”尽到这项责任；他不惧别人的否定，做事能够坚持，但是正是这些被兄长们看作傻气的行为，使他最终得到了父亲赠予的神奇宝马和其他的神奇助手，让他获得了荣誉和美丽的妻子，以及很高的社会地位。那些“精明”的哥哥们却因为自己的懒惰、惜命和自私、市侩反而会失去了获得宝物的机会，只能看着弟弟娶到公主，成为国王。因此，在傻瓜弟弟的面具下隐藏的敬重父亲、善良、同情弱小、忍耐生活中的不如意等优秀品质得到了人民的肯定和喜爱，给了他一个美满幸福的结局。

不受重视，忽视其能力，嘲笑其愚笨，被称为“傻瓜”的最小弟弟的形象与现

---

① Афанасьев А. Н. Народные русские сказки. Москва：Наука. 1984. Т. 1. С. 277.

实的宗法社会长子继承制，剥夺幼子继承权的继承制度密切相关。在分析“父亲”形象时，我们已经分析过父亲对儿子们在遗产继承的不公平对待。最小弟弟的遭遇同样是该不平等待遇的延伸，更充分地展示了长子继承制在故事中的反映。原有的母系社会施行的是幼子继承制。但随着父系社会的形成和确立，长子继承制和幼子继承制之间出现矛盾。在现实的俄罗斯传统社会，根据官方法律传统，“农民的财产不是其个人财产，而是整个家庭的公有经济财产，在财政没有失调的情况下不能进行财产分割，并且处于家中年长人的管理下”。“父亲是大的宗法家庭财产的所有者和分配者。他死后，根据宗法制度中的顺次原则，家中年长的人，通常为长子担任该角色。长子处于特权位置”。家中最小的孩子则失去了自己的权利，得不到财产。

可是在实际的农民生活中，按照民间习俗，“首先是最小的儿子在创造父亲的财产方面做出了比哥哥们（如果他们分家）更多的贡献”①，那么按照公平原则，继承权实际应偏向“用自己的劳动促进了共同财产增长的儿子”②，而不应取决于儿子的长幼次序。

此外，在俄罗斯民间，如果父亲在世时长子就分家单过，那么在财产分配完毕后，最小的儿子会留在父亲的房子里，照顾双亲直到他们过世，而且“最小的儿子在父亲死后仍会留在家里与姐妹、母亲生活在一起，从本质上说在家庭财产分配时他的份额包括其姐妹和母亲的份额。只有在母亲死后儿子才可以使用他的权力……留在父母家中的小儿子成为氏族和家庭整体财产的保护者”③，而长子是家庭氏族集体主义的破坏者。这一特点在故事中表现为第三个儿子是氏族和宗法家庭关系及道德的保卫者，如只有傻瓜弟弟在父亲死后遵照父亲的指示，为父亲守灵。

从最小的傻瓜弟弟在故事结尾“变身”为英俊的沙皇女婿的安排中可以看出，人民将那些没有财产，却拥有良好的品质，能维护宗法道德的弱势人群理想化，“参与了那些在原始社会关系链破裂后受到伤害的人们——失去财产的最小孩子，被推翻又没有享受到原有权利的孤儿和女人——的命运”④。

---

① Мелетинский Е. М. Герой волшебной сказки. Москва: Академия Исследований Культуры. Традиция. 2005. С. 82.

② Шраг И. Крестьянские суды Юридический вестник. октябрь, 1877. (10): 78.

③ Аники В. П. Русское народное поэтическое творчество. Ленинград: Просвещение. 1983. 147.

④ Аники В. П. Русское народное поэтическое творчество. Ленинград: Просвещение. 1983. 147.

2. 姐弟中的弟弟

故事家庭姐弟中的弟弟通常是未成年的孩子。因此,他需要姐姐的看护,依赖姐姐。

弟弟会遵照听从姐姐的要求,如果姐姐发现泉水会让人变成动物,阻止弟弟喝水时,“不要喝,否则你会变成山羊”①,弟弟都会听从姐姐的告诫。

三、姐姐

俄罗斯民间故事中的姐妹包括血缘姐妹和由父母二次婚姻形成的姐妹。她们都是已达到婚龄的年轻女性。

1. 姐妹中的姐姐

故事中的姐姐形象的主要特征是善妒。姐姐对妹妹拥有的美貌产生嫉妒,“瓦西里萨是全村第一美女;继母和异父母的姐姐嫉妒她的美貌,用各种工作来折磨她……”对妹妹拥有的美满婚姻产生嫉妒,甚至对妹妹拥有的物件也会产生嫉妒。由于嫉妒,姐姐会做出伤害妹妹的事情。

(1)在亲姐妹的关系中,姐姐对妹妹的加害主要是阻止和破坏小妹妹的婚姻。

在《雄鹰的羽毛》故事中,女主人公的两位姐姐偷听到她和雄鹰在窗前约会,但又无法向父亲证实,因此,出于嫉妒,邪恶的姐姐们会悄悄得在雄鹰飞来的窗户上放着锋利的刀子割伤雄鹰,导致雄鹰飞到遥远的国度,使妹妹历经千辛万苦才能找到自己的未婚夫。

《被诅咒的王子》中,两个姐姐由于妒忌小妹妹嫁得好,得到丈夫的疼爱,生活富足而用计挽留会娘家省亲的妹妹,“嫉妒的姐姐们把洋葱抹在眼睛上,假装哭道:‘不要走,亲爱的妹妹!明天再走吧’”②。心疼姐姐的妹妹果真又留了一晚,导致其蛇丈夫死去。

在《膝盖以下是金子,胳膊肘以上是银子》(По колена ноги в золоте, по локоть руки в серебре)和《唱歌的树与会说话的鸟》(Поющее дерево и птица – говорунья)故事中伊万王子或是沙皇偷听三姐妹谈话时得知,小妹妹会为她

---

① Афанасьев А. Н. Народные русские сказки. Москва: Наука. 1984. Т. 2. С. 315.

② Афанасьев А. Н. Народные русские сказки. Москва: Наука. 1984. Т. 2. С. 358.

未来的丈夫生下“雄鹰般的儿子：他们额头有太阳，后脑勺上有弯月，头两侧是星星”，因此娶了小妹妹，生活得很恩爱。“这让两个亲姐姐很生气又嫉妒。她们开始要对小妹妹做邪恶的事”①。在妹妹生下许诺的孩子后，两个邪恶的姐姐或是买通产婆，或是说服王子让她们亲自做产婆，偷偷将孩子换成了一只猫或狗或木块，并努力使王子相信，小妹妹欺骗了他。这使妹妹受尽折磨，被剜去眼睛，赶出皇宫或是被关在钟楼和大树里。被换走的孩子和母亲一起落难或是被他人收养。

（2）异父母姐姐对妹妹的加害也是体现在婚姻方面，如她们会让母亲将异父母的妹妹变成动物，自己取代妹妹的位置。此外，她们会站在自己亲生母亲一边，和母亲一起欺负她们的异父母妹妹，监视、探查她的神奇助手，不让她过上轻松正常的生活，如在《克罗什奇卡 - 哈夫罗什奇卡》（Крошенчка - хаврошечка）中，异父母的姐姐“只知道坐在大门口望街，而科洛什奇卡 - 哈夫洛什奇卡为她们工作，为她们缝衣服，织布纺织，却没从她们那里听到一句好话”。继母会对亲生女儿说“去看着，谁在帮助孤女，谁在织布，谁在纺线，谁在做鞋帽”。继母女儿的汇报使其异父母的妹妹失去了自己的神奇助手，继母的两个女儿“邪恶，坏心眼。她们尽可能地折磨可怜的玛莎（她们异父母的姐妹），强迫她为她们劳作，在已没有事情可做时，就强迫她坐在炉边捡煤灰”②。

姐姐嫉妒妹妹的主要原因是都已到婚龄的姐妹成为婚姻的竞争者。姐姐对妹妹的加害大多也集中在阻止或破坏妹妹的婚姻方面。

故事中姐姐急于比妹妹先结婚的原因与俄罗斯的民间习俗有关。俄罗斯民间认为，如果妹妹早于姐姐出嫁，那么姐姐是不合格的，是姐姐做得不好的表现，“姐姐会变成老处女，成为姐姐的耻辱”。因此，父母为了让长女先出嫁，“让长女穿得好，而幼女只能穿姐姐衣服的旧衣服”。民间故事中面对妹妹的求婚者，“继母会比以前更加生气，对所有的未婚夫说：‘我不会让小女儿先于她的姐姐们出嫁的’”。为了要早于妹妹出嫁，姐姐会更注重打扮，这从姐姐要求父亲购买的礼物中即可体现。面对父亲的询问，姐姐一般会要求“父亲，请给我买一条裙子”或“请给我买一件新衣服”。结婚对象和成婚次序的竞争使故事中的姐姐会做出严重伤害妹妹的行为。

---

① Афанасьев А. Н. Народные русские сказки. Москва：Наука. 1984. Т. 2. С. 374.

② Афанасьев А. Н. Народные русские сказки. Москва：Наука. 1984. Т. 1. С. 102.

俄罗斯民间故事对善妒、欺负妹妹的女性人物的评价是负面的，加害自己妹妹的女性人物在故事被形容为“邪恶的”“母狗”“阴毒的”“只顾外表打扮”“懒惰”“善妒”的人。故事通常以她们受到惩罚作为结局，如邪恶的姐姐“被枪毙”或“被五马分尸”。

2. 姐弟中的姐姐

姐弟中的姐姐分为正负两种形象。正面的姐姐形象体现在她能够承担看护弟弟的责任。在姐弟关系中，弟弟都是未成年，是需要被照顾的孩子。姐姐照顾弟弟是其作为一个女孩在出嫁前应尽的义务。在外出前，父母会交代年长的女儿看管照顾她的小弟弟，“女儿呀，我们去干农活，给你买小面包、缝新裙子、买新围巾，你要聪明一些，看护好弟弟，你们不要走出院子”。

在父母去世后，只剩下姐弟两人时，姐姐细心照顾和看管弟弟。“国王和王后去世了，只留下孩子们（阿廖奴申卡和伊万奴申卡），他们开始在世上流浪”。“他们走着走着看到了一个池塘，池塘旁有群牛在放牧。‘我想喝水！’伊万奴申卡说。‘弟弟，不要喝这里的水，否则你会变成小牛！’阿廖奴申卡说”。

但是姐姐对弟弟的看管和教导的结果通常是失败的，例如，《飞鹅》（Гусли－лебеди）中姐姐在父母走后把弟弟一个人留在家里，自己出去玩，结果让巫婆的飞鹅把弟弟给叼走了；在《阿廖奴申卡姐姐和伊万奴申卡弟弟》中的姐姐尽力阻止弟弟喝溪水，但是弟弟最后还是忍不住喝了，结果变成山羊。在弟弟没有听从劝告喝了溪水变成山羊后，姐姐仍然一直把他带在身边，“独自痛苦的哭泣”。

负面姐姐的形象特征是善妒。姐姐嫉妒弟弟得到父母的宠爱，为了得到父母的奖赏和宠爱，姐姐杀死了弟弟。父母对去采浆果的姐弟说，“你们谁采的浆果多，就送给谁红色的靴子”。结果“伊万奴申卡一直在采果子，放进篮子里，而阿廖奴申卡一直在吃呀吃，最后她只放了两个果子在篮子里。她看到她的篮子里是空的，而伊万奴申卡的篮子是满的，就嫉妒起弟弟来，‘来，弟弟，让我为你找找头虱’”①。信以为真的弟弟躺在姐姐的腿上睡着了。阿廖奴申卡立刻拿出锋利的刀，杀死了弟弟。

---

① Афанасьев А. Н. Народные русские сказки. Москва：Наука. 1984. Т. 2. С. 244.

四、妹妹

1. 姐妹中的妹妹

故事中姐妹中的妹妹只有正面形象。她的正面形象体现在：

(1)妹妹是勤劳的。妹妹与注重打扮的姐姐不同，每天“只想着做家务”，而且她家务做得非常好。在面对巫婆对她的家务能力考验时，妹妹也能顺利过关。

(2)妹妹是能够忍耐的。妹妹是从不抱怨的姑娘。即使做再多的家务，也默默忍受，而且在面对莫罗兹科对她的考验时，也能咬紧牙关，努力承受。在给人带来寒冷、让人冻得直打哆嗦的莫罗兹科问妹妹“你暖和吗?”时，妹妹忍受了刺骨的严寒，回答她说“暖和”，寒冷越来越强时，妹妹仍然能够忍受，结果得到了奖励——裘皮大衣和一箱财宝。

(3) 妹妹是忠于爱情的。在发现未婚夫失踪以后，妹妹第一时间打造了三双铁靴，凭借对爱情的信仰，克服重重困难，终于找回自己的未婚夫。

(4)妹妹是善良的。妹妹被继母要求送到森林中过夜，目的是让野兽杀死妹妹。在林中妹妹遇到向她讨食的老鼠，妹妹慷慨得款待了它，“我不会只给你一勺粥，我会让你吃个饱”①。结果，小老鼠帮助妹妹战胜前来挑战游戏的大熊，得到了很多马。

妹妹的这些优秀品质与姐姐的善妒、懒惰、邪恶形成鲜明的对比。正是这些优秀品质和行为使妹妹能够得到王子的垂青，获得美满的婚姻。即使最初受到来自其他姐妹的伤害，但在故事的结尾妹妹会得到公平的补偿，获得个人幸福。这是民间对妹妹所具有的勤劳、善良、对爱情忠诚等优秀品质的认可和维护家庭正义的体现。

2. 兄妹中的妹妹

(1)勇敢的妹妹。兄长离家没有了音讯，于是妹妹孤身一人出发寻找，并且用“生命之水”救活了自己的兄弟们。“我来找活水和死水，以及说话的鸟，但更重要的是要找到我亲爱的兄弟们”②。

(2)关心兄长的妹妹。伊万王子在寻找未婚妻的途中来到了妹妹家，妹妹

---

① Афанасьев А. Н. Народные русские сказки. Москва：Наука. 1984. Т. 1. С. 118.

② Афанасьев А. Н. Народные русские сказки. Москва：Наука. 1984. Т. 2. С. 394.

"高兴地迎接了他，吻他，拥抱他，询问他的健康，讲述自己的生活"①。在遇到难事时，兄弟会询问妹妹的意见，"我亲爱的妹妹们！我该怎么办？所有的国王都向我宣战"。妹妹们会鼓励兄弟，"勇敢的战士！你怕什么呀？当年白波兰恩（Белый Полянин）和金脚巫婆（баба－яга золотая нога）战斗时，三十年没有从马上下来，不知休息！你还什么都没见到就害怕了？"②在妹妹的鼓励下，伊万王子取得了战争的胜利。

妹妹由于担心将会遇难的哥哥，释放了承诺可以救哥哥的囚犯。如王子出门去娶叶连娜公主后，他的亲妹妹遇到了被王子关在石袋中的伊万。伊万向公主喊道："你的哥哥没有我是不会娶到叶连娜的，他只会掉脑袋"。公主十分担心哥哥，得到伊万的保证后立刻释放他，让他前去帮助哥哥。娶妻成功后，伊万先于王子回来，他"直接出现在公主眼前；公主十分高兴，详细询问亲哥哥的事情"③。

（3）邪恶的妹妹。在《巫婆与太阳姐姐》（Ведьма и Солнцева сестра）的故事中，在男主人公的妹妹出生前，好心的马夫就警告他说，"伊万王子！你的母亲很快就要生下一个女儿，也就是你的妹妹；她会长成可怕的巫婆，会吃掉你父亲、母亲和所有的仆人……"王子听从了马夫的建议，逃离了王宫，被太阳姐姐收留。由于想念家乡，王子回家探望。他的妹妹虽然热情地接待了他，但却"去磨牙"，想吃掉哥哥。在哥哥逃跑后，巫婆妹妹仍然紧追不舍，还要求太阳姐姐交出哥哥的头！

妹妹的邪恶还体现在妹妹为了情人要杀死和自己经历过险阻的哥哥。伊万王子吩咐妹妹叶连娜公主不要进入锁有强盗头目头颅的房间，但妹妹"没有忍住，看到并爱上了匪首的头颅"。在使匪首复活后，"公主就和匪首一起谋划杀死伊万王子的事情"④；妹妹爱上蛇怪变成的英俊男子后，受其蛊惑，偷取哥哥的神奇毛巾，并装病欲害死哥哥，蛇怪想出具体害死哥哥的方法后，妹妹就照其安排去做。

背叛与自己同甘共苦、关心自己的哥哥时，妹妹都受到了惩罚，有的立刻被处死，有的受到哥哥严厉的惩罚。

---

① Афанасьев А. Н. Народные русские сказки. Москва：Наука. 1984. Т. 2. С. 256.
② Афанасьев А. Н. Народные русские сказки. Москва：Наука. 1984. Т. 2. С. 309.
③ Афанасьев А. Н. Народные русские сказки. Москва：Наука. 1984. Т. 2. С. 261，265.
④ Афанасьев А. Н. Народные русские сказки. Москва：Наука. 1984. Т. 2. С. 95－96.

上述的文本分析为我们展示了俄罗斯民间故事中丰富的兄弟姐妹间的关系和他们所扮演的不同角色。基本可以将其归纳如下：

第一，兄弟间的关系。故事世界的兄弟皆为血亲，不存在由于父母缔结婚姻而诞生的继兄弟。兄弟间十分重视长幼次序，长兄拥有仅次于父亲的权力，可以对其他兄弟发布指令。弟弟们尊重长兄，会尽力完成长兄的要求。故事世界里的兄弟关系可以分为两大类：互助关爱类和矛盾竞争类。其中第二类兄弟关系在故事世界更为普遍。

兄弟间竞争的内容主要是能力、未婚妻、财富和荣誉。竞争主要发生在未婚的兄弟之间。尚未决定长幼顺序的兄弟急于凭借自身的能力一决高下；遇到强敌，遭受失败的兄弟不会将自己的遭遇告诉同行的其他兄弟，而是假装无事，保护自己的荣誉，如虽然一个人在房子中受到来自另一个世界邪恶老头的攻击，但坚决不肯对其他兄弟讲，只说“谁也没看到”“谁也没来过”，或用其他借口掩饰自己的伤口，“我烧了炉子，由于火苗太大伤到了我的头”；出门替父亲寻找宝物，解救母亲的三兄弟之间也存在着成功与否，是否能得到父王肯定的竞争；对于未婚妻的争夺更是构成兄弟敌对的重要原因。

有竞争就会产生不睦、嫉妒和伤害。在后天决定出长幼顺序的，以神奇方式诞生的兄弟间，嫉妒来自弟弟们，被嫉妒和被抛弃的对象是长兄；在正常普通的兄弟间，背叛和妒忌源于兄长们，被夺取功勋和未婚妻，被伤害的往往是最小的弟弟。不论是长兄，还是最小的弟弟，都是凭借自身能力赢取未婚妻，完成困难任务、建立功勋的都属于勇士型主人公，他们拥有共同的特质：力量大、能力强、勇敢、坚强。而他们的兄弟却善妒、胆小、惜命，这些缺点是他们无法成功的原因，他们不惜杀害兄弟来夺取功绩和未婚妻的行为终将使他们自食恶果。

在关于普通的，没有特殊能力的三兄弟的俄罗斯故事中，人民都比较偏爱最小的弟弟。不论是勇士型的伊万王子，还是幸运的喜剧人物伊万傻瓜，都得到了美好的结局。这是因为现实的长子继承制使共同的村社家庭财产变为由长兄所拥有的个人财产，而留在父亲家中照顾赡养父母的最小的儿子却得不到任何财产，而且“父亲去世后最小的儿子仍然留在父亲家中，继续承担兄长未尽的责任，成为已经解体的大家庭成员间的纽带”。因此，为了让现实中得不到幸福的最小儿子能够在故事中获得补偿，人民将最小的傻瓜儿子理想化，而最小儿子的美满结局也反映了“人民维护公平和公社家庭财产的民间思想”。

故事中的兄弟虽然以对立的负面关系居多,但也存在友爱互助的兄弟情。和睦的兄弟关系体现在:承认一方的优势,如弟弟认为哥哥比自己能力强,所以面对是当沙皇还是娶到公主的选择时,弟弟建议哥哥去当沙皇;同时出生的兄弟们合力完成某件事情需要一起离家去面对风险即是如此;为了兄弟可以自我牺牲,如哥哥和弟弟互相推让仅有的粮食;在兄弟遇害后为其复仇等。

第二,故事中的姐妹分为血缘姐妹和异父母姐妹,但彼此只存在一种关系——竞争加害。姐妹间竞争的原因与兄弟间的相似,即主要是对结婚对象的争夺。姐妹中美好的婚姻都会由最小的妹妹获得。即使婚后仍会遭到姐姐的陷害,但最终会恢复其妻子的身份。姐妹之间不同的命运是由她们所表现出的品质特征所决定的。姐姐善妒、懒惰、残忍、不会做家务,更不能够忍耐。妹妹却善良、机智、巧手、忍耐、忠于爱情。因此,不论是从人类共同的道德评价,还是从宗法男权对妻子的要求,妹妹的幸福是必然的。

第三,兄弟与姐妹之间的关系也可以分为两类,既有彼此关心爱护的手足之爱,也有给对方造成伤害的矛盾冲突。故事中有的兄弟和姐妹会相互关心,爱护和尊重,彼此信任,甚至为了对方可以不顾自己的安危。但也有给对方造成伤害情况。妹妹伤害兄弟是因为想得到父母的奖励,或是得到伴侣对她的疼爱。兄长伤害妹妹则是由于受到错误的指引或妻子的多次挑唆。故事中加害另一方的兄弟或姐妹的结局并不相同:姐妹由于杀害或极力要杀害兄弟而被处死;兄弟则在最后得到了姐妹地谅解,幸福和睦地生活在一起。从中可以看出,民众的判断更偏袒兄弟,兄弟多为正面形象,即使对姐妹造成伤害也是事出有因。此外,兄长是父母之后对妹妹行使监护和管教权力的人。兄长要在父母去世后负责妹妹的生活,为她们找到丈夫。对于没有达到“不害怕上帝,不使自己的兄弟蒙羞”标准的妹妹,兄长有权力对其进行惩罚。因此,在故事世界中,对姐妹和兄弟的要求是不同的,从侧面反映了男尊女卑的家庭行为规范。

五. 结义兄弟与结义姐妹

在民间故事中,除了血缘关系和父母婚姻所形成的兄弟姐妹关系外,还有人物后天根据自身意愿所缔结的兄弟与姐妹关系。这样的关系“就像是优先通过自由的选择和特定的仪式所认为建立的亲属关系”①。结义兄弟（побратим，названые братья）与结义姐妹（названная сестрица）既可以是年轻的人，也可以是年长的人。男性间的结义在俄罗斯民间故事中较为常见，男女之间结义的情节较少，而女性间的结义就更少见。

1. 结义兄弟主要出现在《伊万·苏琴科和白波兰恩》（Иван Сученко и Белый Полянин）、《熊，胡子，山和橡树勇士》（Медведко，Усыня，Горыня и Дубыня – Богатыри）和《无腿勇士和盲勇士》等故事中。

结义成兄弟的模式为：未来的兄弟在路上偶遇；结义成功；结义兄弟共同完成某项任务；最终分开。

结义兄弟都是在远行的路上遇到的，如果遇到的双方是年轻的同龄人，那么双方通常会进行力量的较量。输掉的一方会要求与胜利的一方缔结为结义兄弟，而且承认自己为弟弟，如在伊万兄弟上路后，他们看到了一座支好的帐篷，在帐篷旁有一匹马在吃草，大哥苏琴科要求伊万王子去询问帐篷里住的是什么人。“在帐篷里的床上躺着白波兰恩，他用小指头踢了王子的额头——王子就摔倒了。他抓起王子将其扔到了床下”。同样的事情也发生在其他兄弟身上，直到伊万·苏琴科“跑到那里，用眼睛撞向白波兰的额头！然后把他从帐篷中拽出”。清醒后的白波兰恩向苏琴科求情，“不要杀我！请让我做您的弟弟”②。同样的场景也发生在出国游历的伊万王子身上。他在受到姐妹的鼓励，以白波兰恩为榜样战胜进攻的敌人后，想要亲自拜会一下白波兰恩。他在一座帐篷中遇到了在熟睡的白波兰恩。在他醒后伊万王子对他说，“我来这是想见见你，和你比试一下力量”。在令人震撼的对抗后，“伊万王子将白波兰恩从马上打落，将锋利的剑举到了他的头上”。此时，白波兰恩向伊万王子告饶，表明愿做他的弟弟，“向尊重自己的父亲一样尊重他”③。

除了直接的力量较量之外，年轻的勇士们在互相欣赏和承认对方力量的情况下也会缔结为结义兄弟。力大无穷的熊儿子伊万在离家流浪的途中先后结识了同样英勇的勇士，如“用嘴挪走河流，用胡子抓鱼，在舌头上煮鱼吃的胡子

---

① Громыко М. М. Традиционные нормы поведения и формы общения крестьян 19 века. Москва：Наука. 1986. С. 70.

② Афанасьев А. Н. Народные русские сказки. Москва：Наука. 1984. Т. 1. С. 156.

③ Афанасьев А. Н. Народные русские сказки. Москва：Наука. 1984. Т. 1. С. 266.

勇士”“把山放到宽谷里，留出一条路的山勇士”和“把高橡树推进地里，而把矮橡树拽出地面的橡树勇士”。而这些勇士也同样佩服久闻大名的大力士熊儿子伊万，于是他们结成结义兄弟，一起流浪。

对于年长的主人公就不需要通过身体力量的对抗来结成兄弟，如在林中相遇的无腿勇士和盲勇士得知彼此的遭遇后，“就决定生活在一起，一起猎取食物”①。

会提议成为结义兄弟的不仅是勇士，与主人公敌对的蛇怪也会提出这个建议，如无法再忍受主人公哨声的蛇怪想要和解，对主人公说到，“不要再吹了，我不想再争吵了。我们最好结成兄弟，你是长兄，而我是弟弟”②。

兄弟缔结成功后，他们应当共同完成某件事情，如一起旅行、分别承担家务、共同与巫婆战斗、合作获取食物等。

在完成这些事情的过程中，结义兄弟之间的情谊受到了考验。有的表现出嫉妒并且加害另一方，如在《伊万·苏琴科和白波兰恩》和《熊，胡子，山和橡树勇士》中，结义兄弟按照约定顺序留在家中做家务。期间都曾遇到巫婆或邪恶的老头的攻击，但受到攻击的兄弟为了自己的荣誉都没有将此事告知其他兄弟。最小的结义兄弟，白波兰恩或橡树勇士，在得知长兄从地下世界解救的公主中没有一位是自己的未婚妻时，残忍地割断了长兄要回到地面世界的绳索，将长兄留在了那里。

有的则互相帮助。同心协力来完成一件事，如盲勇士和无腿勇士在共同猎取食物时，能够利用自己的优势，互相帮助，“无腿勇士驮着盲勇士，而盲勇士为无腿勇士指引方向；无腿勇士成为盲勇士的双腿；盲勇士成为无腿勇士的眼睛”“他们建造了小木屋，做了马车，得到了火枪，开始去打猎”③。

伊万王子在得知结义兄弟白波兰恩想要战胜巫婆，娶到她的女儿后，认为“既然已经建立了友谊，那么就应当帮助有苦难的那个人”④，于是协助白波兰恩达成心愿。

结义兄弟最终会分开。分开的形式可以是一方离开另一方，如伊万王子帮助白波兰恩娶到巫婆的女儿后，就与他们告别了，继续自己的历险；盲勇士和无

---

① Афанасьев А. Н. Народные русские сказки. Москва：Наука. 1984. Т. 2. С. 76.

② Афанасьев А. Н. Народные русские сказки. Москва：Наука. 1984. Т. 1. С. 214.

③ Афанасьев А. Н. Народные русские сказки：В трех томах. Москва：Наука. 1984. Т. 2. С. 88.

④ Афанасьев А. Н. Народные русские сказки：В трех томах. Москва：Наука. 1984. Т. 1. С. 267.

腿勇士被治愈后,一个选择留在承诺照顾他一辈子的神父那里,另一个则回到王子身边。分开也可以是更极端的形式,即逃离地下王国的长兄回来报仇,杀死了背叛他的结义兄弟,“伊万·苏琴科抓住了白波兰恩的额发,把他高高举起,然后向地上摔去:白波兰恩被摔成了碎片”“他(熊勇士)抽出作战用的棒子,杀死了其他三个结义兄弟并把他们扔到旷野上喂野兽”①。

2. **异性间的结义**

异性间成为结义兄弟姐妹主要有三种情况:

(1)男性帮助了女性。在森林为亲姐妹或母亲寻找她们所要求的东西时,男主人公解救了被强盗劫来的女子,“主人公对强盗说:‘你们为什么要欺负她(美丽的姑娘)’……强盗扑向主人公,而主人公抓住其中一个人的脚,把他左右甩去,打倒了所有人;主人公抓起美丽姑娘的手把她领回家”,并对她说,“你就是我们结义姐妹”②。

(2)结义兄弟为自己抢来姐妹。有的姑娘是被两个已经成为结义兄弟的勇士抢到他们家中,从而变成结义姐妹的。该情况的结义兄弟都是指故事中的盲勇士和无腿勇士。他们在一起生活了一段时间后觉得很无聊,“难道我们一辈子都要这样没人陪伴的度过吗?”在听说城里一位富商的女儿“慈悲地对待穷人和残废的人”后,他们决定把这个姑娘抢到自己身边来。在姑娘向他们施舍时,“无腿勇士抓住了她的手,把她拽到推车上,冲着盲勇士喊了一声,于是盲勇士飞快地跑了起来,连骑马的人都抓不住他”。

结义兄弟抢来姑娘后,希望她能成为他们的结义姐妹,为他们煮饭洗衣、料理家务。姑娘会平静地接受这个现实,留在他们家中。

(3)结义姐妹先来到结义兄弟的住处。由于家里的原因,逃出的女孩在森林中迷路了,然后进入到住着两位勇士的家里,“我们正愁没人为我们做家务;而上帝就给我们派来了姐妹”③。

不论是以怎样的方式成为结义的兄弟姐妹,他们都彼此关心,关系和睦,并且能在对方有难时,义不容辞地伸出援手。在《野兽的奶》中,结义姐妹在偷听到结义兄弟的亲姐妹欲加害结义兄弟后,一直等待事情发生。在结义兄弟被亲

---

① Афанасьев А. Н. Народные русские сказки:В трех томах. Москва:Наука. 1984. Т. 2. С. 203.

② Афанасьев А. Н. Народные русские сказки. Москва:Наука. 1984. Т. 2. С. 99.

③ Афанасьев А. Н. Народные русские сказки. Москва:Наука. 1984. Т. 2. С. 126.

姐妹绑住手并去叫匪首杀害结义兄弟后，结义姐妹“藏到门后，匪首走进房间后，结义姐妹挥起马刀，砍下了匪首的脑袋”①，救了结义兄弟的命。而在《无腿勇士和盲勇士》中，虽然结义姐妹是被结义兄弟劫来的，但结义兄弟能够遵照承诺，“尊重结义姐妹，爱她并把她当作亲姐妹对待”。他们三人生活得“安静平和，从不抱怨命运”②。结义兄弟发现结义姐妹被巫婆或蛇怪骚扰欺负变得消瘦后，他们合力制服敌人，“我们应当点一个大篝火，把这个受诅咒的巫婆在火上烧了，把她的灰烬撒到风中”，或是“把蛇怪拖到橡树桩前，把树桩劈成两半；然后把蛇怪的头放到缝隙中，用鞭子抽打它”③。在结义姐妹被害后，伤心的结义兄弟甚至会“手牵手从窗台跳下去，撞到锋利的石头而殒命”④。

结义兄弟与姐妹的关系通常在故事的结尾变为夫妻关系。

3. **结义姐妹**

女性间成为结义姐妹的情节在俄罗斯民间故事中十分少见，而且也不会表述成为结义姐妹的原因和过程，只是直接告诉读者“女沙皇和另外三十个姑娘——她的结义姐妹在最好的船上迎接了他们（商人的儿子伊万和他的叔叔）”；在《瓦祖扎和伏尔加》（Вазуза и Волга）的故事中，瓦祖扎由于害怕伏尔加，称其为自己的妹妹，请她和自己一起汇入大海⑤。

结义兄弟和结义姐妹的习俗根源可以追溯到罗斯接受东正教之前。那时缔结成结义兄弟有三种方式，“血缘的联合、分享食物、交换女人”⑥。其中前两项在民间故事中得到反映。故事中，勇士结成兄弟就是建立了人为的血缘联合；无腿勇士和盲勇士利用对方身体优势结伴打猎则是分享食物。

故事中结义兄弟的关系有时比亲兄弟还要亲近，他们会分享食物，会相互扶持，共同做事，其中一位会帮助另一位达成愿望。这与俄罗斯传统社会对结义兄弟的要求相符，即“交换完十字架完成结义的兄弟甚至比亲兄弟还要可靠。结义兄弟应当在危难时刻提供帮助和关心”；“结义兄弟关系甚至是比亲兄弟关

---

① Афанасьев А. Н. Народные русские сказки. Москва：Наука. 1984. Т. 2. С. 96.

② Афанасьев А. Н. Народные русские сказки. Москва：Наука. 1984. Т. 2. С. 84.

③ Афанасьев А. Н. Народные русские сказки. Москва：Наука. 1984. Т. 1. С. 89.

④ Афанасьев А. Н. Народные русские сказки. Москва：Наука. 1984. Т. 2. С. 129.

⑤ Афанасьев А. Н. Народные русские сказки. Москва：Наука. 1984. Т. 1. С. 87.

⑥ Токарев С. А. Новое о происхождении экзогами и тотемизма//Проблемы антропологии и исторической этнографии Азии. Москва：Наука. 1968. С. 258.

系更有力的链条”①。但结义兄弟之间同样存在着背叛和加害。故事世界中人数为四人的结义兄弟间会出现嫉妒和背叛的关系。与亲兄弟之间的对抗不同，加害者通常是最小的结义兄弟，受害者则是能力出众的长兄。长兄会从另一个世界给结义兄弟带回未婚妻。这是普遍的结义兄弟关系的故事模式。但由于未婚妻人数与兄弟人数不对等，就会出现对未婚妻的争夺。还在地下世界，需要结义兄弟拉回人类世界的长兄就成了这场争夺的受害者，会被结义兄弟留在了地下。但长兄在得救之后也会报复结义兄弟。他会将三个结义兄弟都杀掉，或是只杀死背叛他的最小的结义兄弟，而和有血缘关系的兄弟和好。这也表明了结义兄弟与亲兄弟的亲疏。

故事世界里的结义兄弟和姐妹间都是平和与和睦的关系，一方危难时另一方一定会倾力帮助，这样的关系要比有的亲兄妹关系还要好。已经结义的兄弟需要姐妹的原因是他们希望有人能帮助他们做家务，在生活上能够照顾他们，而他们也会尽自己作为男人的义务保护结义姐妹。

第五节　其余的亲属

前四节我们分析了家庭观念中重要的血亲和姻亲关系。这一节我们要分析的是在故事家庭中处于第二位的、所占比重不多的亲属关系。这类亲属关系虽然不是故事中的宗法家庭中重要的家庭关系，但是在推动故事情节发展方面仍然起到了不可缺少的作用。对这类亲属的关系分析有助于我们全面的描写认识故事家庭。

一、叔叔与侄子侄女

故事中的叔叔都是主人公父亲的兄弟。对于侄子和侄女，叔叔都承担着替他们父亲教导他们的职责。对侄子的教导是教他如何经商；对侄女的教导是教她文化，看其行为是否符合伦理行为规范。但叔侄之间的关系并不亲密。

1. 叔叔与侄子

在俄罗斯民间故事中，叔叔这个角色通常是在男主人公父亲去世后才出

---

① Громыко М. М. Традиционные нормы поведения и формы общения крестьян 19 века. Москва：Наука. 1986. С. 119.

现。叔叔与侄子的关系有两种：

(1)叔叔是侄子的师父。故事中的叔叔多为商人，他承担着指导侄子做生意，辅助侄子的责任。故事中，破产的商人儿子一定会去请求叔叔的帮助。做生意的叔叔会在侄子地恳求下会带他一起去海外做生意，指点其做生意的技巧，如果侄子表现得好，叔叔会给他奖励，让他自己去选择需要购进的商品，“这是给你的奖赏)——100 卢布，去买你喜欢的商品吧”，如果购进的商品不适合买卖，叔叔就会批评侄子，“你这个脑袋呀！这个商品我们国家有很多。这能得到什么利润呀？”①。

除了生意，为了侄子的命运和前途，叔叔也会对侄子送给沙皇的礼物给出意见，“送这个不合时宜，沙皇会很生气，这会带来灾难！”②。

(2)叔叔是侄子的加害者。这一类型的关系在民间故事中更为常见。叔叔对侄子的加害主要体现在以下几个方面：

①叔叔为了自己的性命，舍弃侄子的性命。

侄子跟随叔叔乘船去海外做生意。在海上遇到了一根毛木，毛木要求商人“送给他一个俄罗斯人，目的是带回给命运(Судьба)那里弄清一件事”③。胆小的叔叔选择让侄子进入海里，自己开船离开。

自私的叔叔在无法阻止侄子向沙皇献上他的礼物后，怕自己会受到牵连，立刻和侄子撇清关系，“如果出了什么事，只能怪你自己，我不会对你的过失负责”④。

②阻止侄子的婚姻。叔叔会破坏侄子的姻缘。男主人公的叔叔与男主人公寡居的继母产生不伦的关系，因此在继母的诱导下，叔叔利用巫术催眠侄子，致使其失去缔结婚姻的机会。叔叔主动向侄子的继母报告，侄子与女沙皇订婚的事情，于是会巫术的继母命令男主人公的叔叔“把别针别到伊万王子的衣服上”⑤，利用魔力使其沉沉睡去，错过了与未婚妻的约定。

2. 叔叔与侄女

故事中的叔叔对侄女只有一种行为表现，即会对侄女产生不伦的想法。在

① Афанасьев А. Н. Народные русские сказки. Москва: Наука. 1984. Т. 2. С. 218.
② Афанасьев А. Н. Народные русские сказки. Москва: Наука. 1984. Т. 2. С. 218.
③ Афанасьев А. Н. Народные русские сказки. Москва: Наука. 1984. Т. 3. С. 66.
④ Афанасьев А. Н. Народные русские сказки. Москва: Наука. 1984. Т. 2. С. 219.
⑤ Афанасьев А. Н. Народные русские сказки. Москва: Наука. 1984. Т. 2. С. 277.

《神奇的镜子》(Волшебное зеркальце)故事中,出远门做生意的父亲给自己的兄弟写信,“把所有我的房子和财产都交由你管理,我诚心地恳求你,小心地照看我的女儿,要教她识字,而不要惯着她”。当叔叔看到自己美丽的侄女后,“脑中出现了邪恶的想法,想办法中伤侄女,但被侄女“用开水从头淋到脚”后,叔叔就给自己的兄长写信,“你的女儿做了耻辱的事,在别人的家中闲逛,不在家中过夜,并且不听我的话”①。

叔叔对侄女的乱伦行为是古时血缘婚姻习俗的遗留。

自私、重利、违反俄罗斯宗法中社会伦理标准的叔叔,最终都会受到惩罚,“侄子拔出锋利的军刀,砍下了邪恶叔叔的头”,或是“把叔叔绑到大门上用箭射死”。

二、姨母与外甥、外甥女

俄罗斯民间故事家庭中,在母亲之外出现的与母亲同辈的女性大多是母亲的姐妹,因此,就形成了姨母与外甥和外甥女之间的关系。其中,姨母与外甥女的相互关系多于姨母与外甥的关系。

1. **姨母与外甥女。姨母与外甥女的关系主要取决血缘:**

(1)亲姨母是侄女的助手。亲生母亲的姐妹是会帮助外甥女的,甚至帮助外甥女的丈夫渡过难关。例如,在“继母与继女”类型的故事中,如果女主人公被继母要求去其姐妹那里去取针线,女主人公会先去自己的亲姨母那里。亲姨母就会教外甥女如何应对在继母姐妹那里可能遇到的各种情况。这些建议会成功帮助外甥女摆脱危险。

巫婆(这里指好的巫婆)认出男主人公携带的是属于外甥女的女红,询问男主人公:“你从哪里弄来的这条毛巾?要知道这是我的外甥女缝制的”②。得知主人公是亲外甥女的丈夫后,不仅打消了吃掉主人公的念头,还会赠给他神奇的动物,助他找到他需要去的城市。

(2)非亲姨母是外甥女的加害者。非亲阿姨是指女主人公继母的姐妹,她多为巫婆(坏巫婆)。继母为了摆脱继女,会抓住机会让继女去到巫婆那里,目

---

① Афанасьев А. Н. Народные русские сказки. Москва:Наука. 1984. Т. 2. С. 126.
② Афанасьев А. Н. Народные русские сказки. Москва:Наука. 1984. Т. 2. С. 157.

的是让这个姨母吃掉外甥女，“去烧热浴室，把我的外甥女洗干净……我要把她作为早餐”①。但是外甥女凭借自身的忍耐、能干，以及亲生母亲遗留宝物的支持和母亲的祝福，最终被非亲巫婆姨母放回了家。

2. 姨母与外甥

姨母和外甥的关系在故事中出现的很少，而且彼此多为对立的关系。姨母扮演着外甥加害者的角色，例如，母亲的姐姐由于嫉妒妹妹能够生下神奇的孩子，就用动物替换了自己的外甥，致使外甥与自己的母亲分离，多年后才得以重聚“她（姨母）偷走了真正神奇的孩子，在母亲身边放了一头小猪”②，然后还将外甥扔到了大海里。加害外甥的姨母最终会受到惩罚，被烈马拖行而死。

三、岳父与女婿

在俄罗斯民间故事中，女儿婚姻的决定权在于父亲。父亲会负责为女儿挑选丈夫。为了选到满意的女婿，未来的岳父会给出一些难题让竞争者完成，如到高塔上亲吻女儿，打败入侵的蛇怪或敌国的军队等，如果是女儿先选择了未婚夫，那么父亲仍然会考验未来的女婿，如果他不喜欢，还会想要杀掉女婿，表现出他对女婿的敌意，“他（岳父）非常生你的气，一定会使你遭受不幸”③。可见，要想娶到女儿，女婿必须先经过岳父这道关，即在挑选女儿的伴侣方面，岳父与女婿的关系要先于女儿和女婿的关系。

虽然岳父与女婿的关系先于女儿与女婿的关系，但是岳父还是疼爱自己的女儿，如果女儿在婚后失踪，岳父会立刻命令女婿找到女儿，否则“就会将他处死”。但在得知女儿是偷了女婿的宝物并和情人一起逃走后的，岳父会站在女婿这边惩罚女儿，“皇帝判女儿死罪：按照他的命令把不忠的妻子抓了起来，绑在野马的尾巴上……马跑得像箭一样快，拖着公主划过陡峭的峡谷”④。

岳父会介意女婿的出身。沙皇和商人都希望能找到与自己身份相符的女婿，如果身为沙皇的岳父发现未来的女婿出身农民，即使通过了沙皇的考验，但沙皇还是想要摆脱他，给他出更多的难题，如果实在无法摆脱这个农民女婿，沙

---

① Афанасьев А. Н. Народные русские сказки. Москва：Наука. 1984. Т. 2. С. 100.
② Афанасьев А. Н. Народные русские сказки. Москва：Наука. 1984. Т. 2. С. 374.
③ Афанасьев А. Н. Народные русские сказки. Москва：Наука. 1984. Т. 2. С. 176.
④ Афанасьев А. Н. Народные русские сказки：В трех томах. Москва：Наука. 1984. Т. 2. С. 63.

皇就只好接受现实，但是如果还有其他女婿，那么岳父还是会偏爱出身高贵的女婿。当岳父有事情时，他只会和高贵的女婿商议，“沙皇叫来两个聪明的女婿，对他们说：‘我聪明智慧的女婿，你们要照我的吩咐为我执行一项任务’”①。当听到对话的农民女婿同样要为岳父尽力时，可岳父并不在乎，只给了他最差的马当坐骑。岳父之所以在乎女婿的出身，是因为岳父要为自己选出未来的接班人。在他的眼中，农民出身的女婿是没有资格做未来的沙皇的。于是，在多个女婿中，能够完成岳父布置的任务的女婿才能证明他是有能力管理国家的，他才能有资格成为候选人。因此，当沙皇得知两个高贵的女婿欺骗了自己时（他们不是凭能力而是靠收买得到他需要的宝物）会惩罚他们，并将真正完成任务的农民女婿作为自己的继承人。

以上列举的岳父与女婿的关系中，岳父的权力高于女婿，女婿处于从属地位，总要受到岳父的考验。此外，俄罗斯民间故事中还有一类所占比例较小的岳父与女婿的关系类型。在该关系类型中，女婿的社会地位要高于岳父，是岳父的赡养者，如在《女儿和继女》（Дочь и падчерица）的故事中，继母和她的女儿死后，父女招来一名显贵的女婿，幸福地生活在一起。

除了亲属关系，故事中还描写了祖孙、媳妇与小姑、教父与教子之间的关系模式和各自形象。但他们在故事中出现的比例很小，并没有在故事的发展中起到重要的作用，因此，我们在这里就不对他们进行描述了。

第六节　家庭世界图景的特点

家庭在俄罗斯民间故事中具有重要的意义。人物的行为过程可以看作是离开原有的父母、家庭建立自己独立家庭的过程。在这个过程中，俄罗斯民间故事为我们展示了丰富的家庭图景。对俄罗斯民间故事家庭成员形象和相互关系的了解，有助于我们构建出故事中的家庭世界图景。

1. 家长专制

俄罗斯民间故事中的家庭是包括父母和未婚子女的小家庭。在父母和子女的关系中，强调父母对于孩子的绝对权力和孩子对父母应尽的义务，即：子女

---

① Афанасьев А. Н. Народные русские сказки. Москва：Наука. 1984. Т. 2. С. 12.

应当尊重和服从父母的意志，听从父母的安排，尽到赡养和为父母扫墓的义务。在强调孩子对父母的顺从方面，东正教中所包含的父母祝福和诅咒的重要性也发挥了调节作用。故事中一般都没有指出孩子拥有的权利，因此，在父母和子女的关系中，否定了子女的独立人格，片面强调孩子的从属地位，支持家长专制。

家庭对子女的教育是子女进入社会的启蒙，而日常接触的家庭成员间遵守的行为准则必然会对家庭成员与社会的接触中起到指导作用。父亲作为一家之主是家庭统治者思想的接受，使得家庭成员更容易接受沙皇是一国大家长的思想。孩子对家长权威的尊重，对家长权力的绝对服从也成为人们对皇权绝对服从的基础。因此，故事家庭奉行的家长专制对故事中的封建沙皇专权社会起到了维护稳定的作用。

2. **男尊女卑**

俄罗斯民间故事中的家庭关系强调男尊女卑。在婚姻伴侣选择上，未婚夫拥有较大的自主权，可以积极主动地寻找未婚妻，而未婚妻则多是被动地等待，不能自主选择结婚对象。理想的未婚妻的特质之一是能够忍耐，对丈夫温顺。当遇到强势的未婚妻时，未婚夫一定会战胜、驯服她，展示自己对未婚妻的权力。在夫妻关系中，强调夫权的权威和妻子对于丈夫的尊重和顺从。唯夫是从，听话的妻子是故事家庭里的好妻子，争取平等地位的妻子则被形容为“恶妻”。夫妻间的男尊女卑还体现在对忠贞的要求上。故事中，只描述了不忠的妻子形象和她受到的严厉处罚，而没有描写不忠的丈夫。这与俄罗斯民间认为丈夫不忠不是一件严重的事情①的思想有关。在父母与子女的关系中，虽然母亲也拥有对孩子的权力，但是权力范围要明显小于父亲，并且只有在父亲过世或离家时，母亲才会行使权力。父母对子女的培养也存在男女差别。注重培养儿子其养家的能力，而女儿则注重其家务能力的训练，父母也只会对女儿的婚前行为能力进行严格的监控。在财产继承方面，只有儿子可以继承父亲的遗产，女儿则无权继承。在子女间的关系中，妹妹需要服从兄长的意志，兄长可以决定妹妹的婚姻，有权力惩罚妹妹。可见，故事家庭中对男女成员的要求都是从男权为主导思想的角度出发的。

---

① Пушкарева Н. Л. Женщины в Древней Руси. Москва：Мысль. 1989. С. 81.

3. 长幼有序

故事中的长幼有序既指对父辈的尊重，也指平辈间对年长者的尊重。对平辈间长幼次序的重视和遵从主要体现在故事家庭中的兄弟关系与兄妹关系之中。以父权之上的家长权威和长子继承制为基础，长兄成为继父亲之后家庭地位最高的男性，其他兄弟或姐妹应当服从于长兄的意志，完成他的要求。长兄的权力在兄妹关系中得到了很好的尊重和执行。但在兄弟关系中由于同龄人之间对未婚妻、财富和荣誉的竞争，长兄的权力并没有得到完全的发挥。而家庭中晚辈对长辈的尊重会波及对其他长者的尊重，遇到不认识的老人时，年轻的主人公都会尊敬地对待他们。

4. 伴侣地位要重于其他的亲属

俄罗斯民间故事中家庭世界图景的另一特征是夫妻关系要重于其他的亲属关系①。故事人物的主要目的是建立自己的家庭，因此，伴侣地位要高于其他亲属，哪怕是父母与孩子都处于第二位。伴侣重于其他亲属的特征主要体现在：

(1)成年的子女都会离开自己的父母去寻找伴侣。

子女到了婚龄后，都会希望拥有自己的婚姻。男主人公多会离开父母去远方寻找适合自己的未婚妻，“请祝福我，母亲，我要去寻找我命中注定的人”。而女性在遇到合适的伴侣后，会为伴侣离开父母或是背叛自己的父母。《海沙皇和美丽的瓦西里萨》故事中，爱上伊万王子的瓦西里萨为了让心爱的伊万王子顺利通过她父亲的婚前考验，会暗中帮助伊万站到了父亲的对立面，而在发现父亲由于气愤伊万能解决所有难题要杀死他时，瓦西里萨带着王子逃离了父亲，也离开了自己的国家；巫婆的女儿为了能嫁给松树勇士（сосна - богатырь），告诉勇士如何能够调换母亲的力量之水（сильная вода）和无力之水（бессильная вода），结果巫婆母亲被勇士打死，巫婆的女儿跟随勇士回到家乡。故事中许多未婚妻都跟随未婚夫离开自己的父母和家乡，而且离家的未婚妻也多未表明自己对父母的想念，很快就投入到妻子的角色中，正如俄罗斯传统社会的人民所说的，“女儿是外人（дочь чужая），女儿不是父母的赡养者”。为了伴侣出卖和离开自己的父母更能表明在故事人物的心中伴侣地位高于父母。

---

① 徐佩、常颖：《基于民间故事文本的俄罗斯家庭观念研究》，《外语学刊》2017 年第 5 期。

(2)夫妻关系较之父母与子女的关系更加坚固。

如《不注意的话语》(Неосторожное слово)中受到母亲诅咒的男主人公被魔鬼招走之后,父亲和母亲都不能将儿子从魔鬼那里解救出来。但是当儿子的妻子对丈夫说道:"我亲爱的朋友,不可分离的命中伴侣!现在我不会离开你!"并和丈夫一起去到魔鬼那里,魔鬼鉴于不可破坏的夫妻关系释放了丈夫。

(3)为了异性伴侣可以牺牲自己的孩子。

在继母与继女的故事类型中,当第二任妻子欺侮女儿,甚至想要杀死女儿时,身为亲生父亲不仅不予以阻止,而且还会完成妻子的要求。在妻子与孩子中,丈夫选择了妻子一方。故事中还有一类情况,即男女人物并不是合法的夫妻,但是他们之间的情感如同夫妻一样,甚至比夫妻感情还要强烈。母亲为了得到情人更多地喜爱,甚至可以杀死自己的孩子。可见,孩子对于父母来说并不如伴侣重要。

(4)为了伴侣可以伤害自己的兄弟姐妹。

兄妹关系中邪恶的妹妹为了和蛇怪或是匪首在一起而忘记兄妹之情,会设计陷害自己的兄长。已到婚龄的兄弟为了能够娶到美丽的姑娘,会抢夺原本属于其他兄弟的未婚妻,并将兄弟留在无人的深坑中或是用刀杀死他们。姐姐也会为了占据妹妹幸福妻子的地位而用魔法加害妹妹。因此,故事中伴侣地位也高于兄弟姐妹的地位。

(5)受到父母伤害或不公平对待的子女会在婚姻方面得到补偿

兄弟中不受重视、分不到财产、被兄长称为傻瓜的小儿子在故事的结尾可以娶到美丽的公主,成为国王;被继母驱逐的可怜女儿会得到富有、英俊的大贵族或王子的垂青,从此过上幸福的生活;被父亲或兄长逼出家门的流浪女会遇到疼爱她的善良的王子,缔结美满的姻缘。在故事家庭中受到不公对待的主人公得到了姻缘可以被看作是对其之前受到的来自其他亲属伤害的补偿。

通过与其他亲属地位的对比,伴侣可以说是占据了故事人物心中最重要的位置。不仅在故事世界,在俄罗斯传统社会中,伴侣或婚姻对于人民来说也是十分重要的。当时的人们认为"没有结婚的男子不能成为完整的人",女性自小也被作为合格的妻子来培养。这些都表明婚姻对于俄罗斯传统社会人们的重要性,而且事实也证明,虽然子女十分尊重和顺从父母,但是在婚后子女对父母权利的依赖和遵从要明显减弱。这也是故事中为了伴侣与父母对立的主人公未受到人民批判的原因之一。此外，俄罗斯的民族是十分看重爱情的民族。俄罗斯民间认为，“没有比爱情更有价值的了”“为了亲爱的可以牺牲自己”“在父亲身边的女人并不幸福，在丈夫身边的女人才幸福”，可见，爱情和伴侣对于俄罗斯人民的重要性。民间故事人物对伴侣和爱情的重视，也是俄罗斯人民重视爱情的侧面反映。

俄罗斯民间故事中的家庭是以等级制为家庭内部成员关系基础的小型宗法家庭。年龄、性别的差异导致了在家中权利和地位的差异。父亲是一家之主、是家长，其余家庭成员必须尊重家长、服从家长。在对父权尊重的基础上，唯家长之命是从、男尊女卑、长幼有序成为故事家庭成员行为的准则。通过表达人民真实思想的故事中对人物形象的描写和对其行为的评价，可以看出俄罗斯传统社会中的人民支持宗法家庭道德，而对人物的评价也是从宗法男权出发，将遵守家庭成员间的权力等级视为行为规范。这是因为，家庭成员间统治与服从的隶属关系存在于血缘和姻亲关系中，尽管家庭成员在家庭的地位和权力存在严格的等级差别，但由于该隶属关系存在于成员日常交往和家庭情感之中，因此，等级差序的家庭伦理结构被传统社会认为是天经地义，无可厚非的①。同时，在强调故事家庭成员对家庭等级制度服从的基础上，对不合格的握有高权的家庭成员持批判态度，如“想要娶女儿的父亲”“加害儿子的母亲”“折磨继女的继母”“抢夺弟弟功绩的兄长”等，他们虽然地位都高于所欺侮的家庭成员，但是由于自己的恶劣行为和品质，受到了俄罗斯人民的批判。相反，处在故事家庭中最低地位的成员，如“三兄弟中小弟弟伊万傻瓜”“被赶出家门的继女”却得到了人民的肯定。首先这是因为，家庭地位低下的家庭成员在故事开端所表现出的懒惰、邋遢、平凡只是表象，掩饰了他们内心真正的善良、谦虚和淳朴。其次，是因为他们的品行符合宗法社会的品行要求。伊万傻瓜能够遵从父命，在父亲死后为其守灵；可怜的继女在面对巫婆和莫罗兹科的考验时，表现出温顺、忍耐与善于做家务的特征。这些品行符合尊重父权的行为规范和男权社会对理想女性的要求。因此，虽然在故事的最初，他们受到了父母或兄姐的不公平对待，但是最终人民还是为他们伸张了正义，严惩了滥用手中权力的年长者，让最小的弟弟和继女得到了美好的结局。这既是对他们拥有的人类公认的善

---

① 王苏：《试析传统家庭伦理的内容及其特征》，《前沿》2008 年第 5 期。

良和谦虚的奖励,也是对他们达到宗法男权社会行为准则的肯定。此外,故事中对家庭正义的维护也反映了人民在现实中很难实现的家庭公平与社会公平的心愿,表达了人民对弱者的同情和对没有财产和家庭地位低下的故事人物的理想化。

家庭是人接触社会的第一个社会组织,家庭关系是人拥有的第一个社会关系。在家中习得的成员间的伦理价值和行为规范将直接对人与社会的接触产生影响。家庭的教育功能之一,即是培养适合所在社会秩序的人。因此,在宗法家庭成长的人更能够接受将国家统治者视为国家这个大家庭一家之主的思想,像服从父亲一样服从皇权。因此,故事世界中人们对宗法家庭等级制度的遵从也必将导致现实中对传统宗法社会秩序的遵从,而其中反映出的人民对宗法家庭秩序的肯定也必将导致俄罗斯人民对传统宗法社会秩序和社会平等理解的局限性。

第三章　社会世界图景

在上一章中，我们描绘了俄罗斯民间故事的家庭世界图景。本章我们将分析故事世界图景的另一个重要组成部分——社会世界图景。民间故事是以人为中心的叙事体裁，故事中的人与现实世界中的人一样，具有社会化的特征。人的社会化不仅体现在家庭生活中，也体现在社会生活中。处在社会中的人会对社会结构和社会秩序形成具有评价性的认识。了解俄罗斯民间故事中的社会及人们对社会的认识，可以帮助我们了解反映在其中的俄罗斯人民传统的社会价值判断和社会理想。

要认识故事中的社会应当从社会结构入手。阶层是社会结构的重要组成单位，阶层关系是重要的社会关系之一。在俄国，法律确定了阶层制度，人民的意识中存在着阶层观念，因此，了解俄国传统社会的一个切入点就是社会阶层。

在俄国，18 世纪至 19 世纪上半叶，"сословие"和"состояние"都表示阶层或等级。"到了 19 世纪下半叶至 20 世纪初，在日常生活、行政和学术语言中，сословие 一词逐渐取代了 состояние，后者专门用来表示家庭地位"①。

学术著作中并没有对阶层进行统一的术语界定。但不同的界定中存在着共同点，即"阶层是社会垂直分化产生的各个社会地位层次以及分处在这些地位层次上的人群"②。民间故事人物所在的社会阶层通常就体现在他们的名字上，如农民的儿子伊万，商人的儿子伊万，伊万王子，瓦西里萨公主，士兵的儿子伊万，等等。有时人物所在的社会阶层就是他们的称呼，如神甫与长工，沙皇与士兵等。

---

① 鲍里斯·尼古拉耶维奇·米罗诺夫：《俄国社会史》，张广翔、许金秋、郭宇春、刘玉宝、沈莉华、王绍章译，山东大学出版社，2006 年，第 67 页。

② 郑杭生：《社会学概论新修》，中国人民大学出版社，1994，第 278 页。

如果对民间故事中家庭成员形象和相互关系的描述能够反映出俄罗斯人民传统的家庭行为规范和价值评价，那么，对故事世界中各个阶层形象及各阶层间关系的描写和评价，则可以反映出俄罗斯人民对传统社会各个阶层和社会整体的认识，以及对其所处社会产生的意见、不满，和对理想社会的追求。

1917 年十月革命前的俄国社会是以沙皇为最高统治者的封建皇权专制社会。社会内部根据权利和义务分为贵族阶层、僧侣阶层、商人阶层和农民阶层。俄罗斯民间故事中的社会同样包括所有上述阶层。本文为了方便研究，按照阶层所拥有的社会权利和财富，将民间故事中的阶层总分为上层阶层与下层阶层。沙皇、贵族、僧侣和商人属于上层阶层，农民和农民出身的士兵属于下层阶层。据此，我们将分析两大阶层间的相互关系及其内部具体阶层的形象。

第一节　上层阶层

一、沙皇

君主是封建社会的最高统治者。俄罗斯民间故事中的君主有两个称谓：沙皇（царь）和国王（король）。根据词典释义“царь”是指某些国家的君主头衔及享有该头衔的人；“король”是指某些封建国家和资本主义国家的君主头衔以及享有该头衔的人。在故事中，俄罗斯的君主或超自然世界的君主，如水下世界的君主，都被称为沙皇。这之外的外国君主被称为国王，如“印度国王”“中国国王”等。沙皇是“上帝在人间的直接管理者”，具有“双面形象”，即既有正面的沙皇形象，也有负面的沙皇形象。正面沙皇的形象特征体现在下面几个方面：

1. 尊贵威严

沙皇拥有至高的权力，是在履行上帝的意志，因此，他的权威不容侵犯。

首先，从形式上，沙皇所居住的宫殿是不能随意进出的，“卫兵抓住老太婆，‘站住，老巫婆！你这是要往哪去？没有通报连将军甚至都不敢进入这里’”①。

其次，沙皇拥有独立的决定权。即使沙皇会向杜马和大贵族们征询建议，

① Афанасьев А. Н. Народные русские сказки. Москва：Наука. 1984. Т. 3. С. 277.

但最终决定权还在自己手里，如沙皇询问杜马，两个妻子中，“哪一个可以和他最终一起生活”。杜马和大贵族回答说，“应当和第一任妻子生活在一起”，但是最终沙皇决定，“哪个妻子先跳到大门上，我就和哪个妻子生活在一起”①。

再次，沙皇的要求和命令必须执行。不论是贵族还是农民，都必须绝对执行沙皇的命令，如沙皇会命令将没有猜出谜题的贵族降为平民或将犯错的人处死，无人能够反抗，只能执行。有时沙皇提出的要求是难以实现的神奇任务，如在《农民的儿子伊万，长着七俄里胡子的手指男人》（Иван крестьянский сын, мужичок сам с перст, усы на семь верст）故事中，沙皇要求臣民为他解梦并找到他梦中的神奇动物，或指派部下去寻找“在禁止采伐的牧场上散步，能讲故事的长着金犄角的山羊”②等。这些任务虽然很难实现，但还是必须有人去完成。

如果派出的部下即使第一次没有完成沙皇的命令，但沙皇认为他还能起到作用，就会威胁他，“我再给你一次机会，如果这次你能够完成命令，那么我就会奖励你，而如果不能完成，我就会惩罚你”③。

但多数情况下，因为沙皇的权威是不容置疑的，因此欺骗沙皇或没能遵守承诺的人面临的就会是死罪。沙皇会事先警告那些承诺完成任务的人，“既然你已经在我这夸下海口，那么你必须做到；否则我就会用我的剑，砍下你的头”④。偷换沙皇孩子的女巫，在沙皇面前冒领他人功绩欺骗沙皇信任的人最终都被沙皇下令射死或五马分尸。

由于沙皇的尊贵威严，人们都敬畏沙皇。士兵得知在森林中遇到的人是沙皇以后“十分害怕”，“这是沙皇呀，我竟然像和兄弟一样和他比过剑”⑤。

沙皇的严厉和威严证实“沙皇的话——就是法律”（Царское слово—закон）。

沙皇虽然严厉，但是故事中的人民敬重和喜爱威严，甚至喜欢严厉的沙皇。因为人民认为一国的君主应当具有令人生畏的气质，这样才可以震慑外敌，保护国家和人民，“在某一国家有一位严厉的沙皇，他盛名远扬，让外国的君主和

① Афанасьев А. Н. Народные русские сказки. Москва: Наука. 1984. Т. 2. С. 99.
② Афанасьев А. Н. Народные русские сказки. Москва: Наука. 1984. Т. 2. С. 147.
③ Афанасьев А. Н. Народные русские сказки. Москва: Наука. 1984. Т. 2. С. 284.
④ Афанасьев А. Н. Народные русские сказки. Москва: Наука. 1984. Т. 2. С. 27.
⑤ Афанасьев А. Н. Народные русские сказки. Москва: Наука. 1984. Т. 3. С. 86.

王子都感到恐惧”①。

在反映人民自由意志和真实思想的民间故事中，威严的沙皇和对其命令的绝对服从是沙皇的权威和无上权力得到人民肯定的具体体现。

沙皇是俄罗斯从拜占庭传入的君主尊号。从传入之时就确定了其中的神圣含义，即君权神授，沙皇是上帝在人间的直接代理者，君主的意志便是上帝的意志。在中世纪规范人民日常生活、教导人们按东正教教义行事的《治家格言》中写道：“人人都应顺从最高权力的统治，因为权力均来自上帝。现存政权皆由天意所定。故而，抗拒政权的统治就是违抗天命”②。因此，在信奉上帝的俄罗斯人民心中，皇权即神权，效忠沙皇即是为上帝效力。这是人民肯定沙皇尊贵与权威的主要原因。此外，人民肯定和支持沙皇权力和威严的另一个原因是人民将沙皇当作“大家长”，认为人民与沙皇的关系是子女与父亲的关系，“除了上帝，没人能再管得了当父亲的”③。宗法家庭中的父亲是严厉的，只有这样才能得到孩子的尊重。因此，作为俄国这个大家庭的家长，沙皇更应当是严厉的，这是俄国传统社会各阶层的共同认识。

2. **公平正直**

故事中的沙皇不仅是尊贵威严的，也是公平正直的。他能够做到奖惩分明，如农夫的儿子捉到力大无穷的大力士，沙皇听说后邀请农夫的儿子带着大力士来见他，并因他的勇敢和力量而奖励了他④。在农民的儿子伊万按照承诺为沙皇找到他梦到的宝马和失踪的女儿后，沙皇“带着敬意接待了他，并把自己的女儿嫁给他”⑤。对待加害他人的坏人，沙皇会给予惩罚。例如，当受到蒙蔽的沙皇发现解救女儿的人另有其人，就“将女儿嫁给了真的伊万王子，处死了假冒王子身份的仆人”⑥。得知妻子被调包并受到了残酷地对待后，沙皇就用施暴人对妻子使用的手段惩罚了施暴人，“沙皇命人剜去她（妻子女仆）的眼睛，把她丢到旷野中”⑦。犯错的人，即使是王子，同样会受到沙皇的惩罚。在《王子

---

① Афанасьев А. Н. Народные русские сказки. Москва：Наука. 1984. Т. 3. С. 79.

② Сильвестр. Домострой. Юности честное зерцало. СПб. ：Азбука – классика. 2008. С. 33.

③ 鲍里斯·尼古拉耶维奇·米罗诺夫：《俄国社会史》，张广翔、许金秋、郭宇春、刘玉宝、沈莉华、王绍章译，山东大学出版社，2006年，第130页。

④ Афанасьев А. Н. Народные русские сказки. Москва：Наука. 1984. Т. 1. С. 128.

⑤ Афанасьев А. Н. Народные русские сказки. Москва：Наука. 1984. Т. 1. С. 185.

⑥ Афанасьев А. Н. Народные русские сказки. Москва：Наука. 1984. Т. 1. С. 132.

⑦ Афанасьев А. Н. Народные русские сказки. Москва：Наука. 1984. Т. 1. С. 141.

和他的看护人》(Королевич и его дядька)中,沙皇发现王子放走了被囚禁的勇士,十分生气,虽然不能杀死自己的孩子,但是“给了他(王子)一个侍从,让他离开国家去远方”①,以此作为对他的惩罚。

沙皇的公正还体现在,他能够不以阶层属性作为评判人能力的唯一标准。在他眼中,贵族有可能是“蠢鹅”,有的大贵族和将军也“不配自己的地位”。因此,在遇到聪明的能够解出沙皇谜题的农民、士兵或卖豆子的小商贩之后,沙皇十分欣赏他们。认为他们“虽然只为国家服务不久,却为国家尽了很多力”,而大贵族“却没有尽到自己的职责”。公正的沙皇不仅让聪明但却贫穷的人从想要知道谜底的富有贵族手中赚到了财富,还会命令“大贵族脱下自己的贵族衣服给农民穿上”②,让农民成为大贵族,而把大贵族贬为农民。沙皇会按照能力而不是社会等级来分配官职,让普通的农民成为贵族,对于人民来说这就是沙皇的公正所在。

3. 信守承诺

在他人完成沙皇的要求后,沙皇都会兑现自己之前许下的承诺,如沙皇为找到被“黑海的蛇怪”(Змей черноморский)劫走的女儿,向人民许诺,“谁找到我的女儿们,他想要多少钱我都给他”③。在三位勇士将沙皇的女儿们解救回来后,沙皇“为他们打开了自己的沙皇金库并对他们说:‘我忠实的仆人们,随心所欲地拿吧,这是你们应得的’”④。为了知道十二个女儿每晚都去了哪里,沙皇昭告天下,“谁能解开这个谜团,我就把心爱的女儿嫁给他为妻并且将半个王国作为公主的嫁妆”⑤。贫穷的贵族解开谜团后,沙皇遵守承诺,将女儿嫁给了他。为了给女儿找到合适的丈夫,沙皇张贴告示,列出要娶公主所要达到的条件,如“要求越过许多根原木从房子中取下公主的画像”⑥等,如果要求被完成,沙皇会遵守告示所言,将公主嫁给完成任务的人,即使这个人出身农民。沙皇信守承诺还体现在,如沙皇许诺农夫做他儿子的教父,他会亲自带着神父来到

---

① Афанасьев А. Н. Народные русские сказки. Москва:Наука. 1984. Т. 1. С. 128.
② Афанасьев А. Н. Народные русские сказки. Москва:Наука. 1984. Т. 3. С. 54.
③ Афанасьев А. Н. Народные русские сказки. Москва:Наука. 1984. Т. 1. С. 152.
④ Афанасьев А. Н. Народные русские сказки. Москва:Наука. 1984. Т. 1. С. 155.
⑤ Афанасьев А. Н. Народные русские сказки. Москва:Наука. 1984. Т. 2. С. 422.
⑥ Афанасьев А. Н. Народные русские сказки. Москва:Наука. 1984. Т. 2. С. 4.

农夫家里,“给新生儿施洗礼并给他起名字为伊万”①。在森林中,逃兵挽救了沙皇的性命又将其带出森林,沙皇让逃兵以后去找他,“我会让你成为幸福的人”②。在士兵找到他之后,沙皇兑现了他之前的承诺,在所有军队的面前感谢了逃兵,并赐给他将军的官衔。

4. 仁慈善良

故事中正面的沙皇虽然严厉,但是对人民是仁慈善良的。这是由于沙皇不仅是国家的统治者,也是人民的大家长。因此,他既有家长的崇高权威,也要贴近人民。沙皇出巡时,见到了像成人一样吃力劳作的孩子,得知这些孤儿的悲惨处境后,沙皇决定收养这些孩子并培养他们,“路过的沙皇很吃惊,怎么这么小的孩子在干这么重的活?他把孩子们叫到身边,对他们说:‘我想成为你们的父亲,你们想学习什么手艺?’”③。

善良的沙皇还同意做农民儿子的教父。在《神奇的马》(Волшебный конь)故事中,老爷爷为了遵照上帝“将第一个遇见的人当做孩子的教父”的指引,请求老爷爷误认为是领主的沙皇成为他孩子的教父,“求你不要对我所说的话感到愤怒:请你为我刚出生的儿子施洗礼”④。沙皇不仅没有拒绝农民的要求,还给贫穷的农民洗礼用的钱“好的,给你100卢布用作洗礼,明天我亲自到”⑤。

宗法制的家长做事不限于客套,因此,作为大家长的沙皇“在某些场合只能凭良心做事”⑥。在故事中,公正的沙皇虽然会根据人的能力进行奖惩,但有时考虑到实际情况和他人的请求,在做决定时会表现出大度、和善的一面,如沙皇原本想要处死陷害了最小儿子的其他两个儿子,但在受害儿子的请求下“饶恕了他们”。商人的儿子将看管的酒厂烧毁,但沙皇在得知他的不幸经历后“不论我(商人的儿子)在哪做工,不到一半期限他们就将我赶出来”⑦对他产生同情,不仅没有惩罚他,还命令“不要他的赋税,不论他到哪,都要给他吃的和喝的,收

① Афанасьев А. Н. Народные русские сказки. Москва: Наука. 1984. Т. 2. С. 25.

② Афанасьев А. Н. Народные русские сказки. Москва: Наука. 1984. Т. 3. С. 86.

③ Афанасьев А. Н. Народные русские сказки. Москва: Наука. 1984. Т. 1. С. 208.

④ Афанасьев А. Н. Народные русские сказки. Москва: Наука. 1984. Т. 2. С. 25.

⑤ Афанасьев А. Н. Народные русские сказки. Москва: Наука. 1984. Т. 2. С. 25.

⑥ Карамзин Н. М. Записка о древней и новой России в ее политическом и гражданском отношениях. Москва: Наука. 1991. С. 102.

⑦ Афанасьев А. Н. Народные русские сказки: В трех томах. Москва: Наука. 1984. Т. 2. С. 154.

留他过夜，但不能收留他超过一天”①。

沙皇离人民的生活很远，人民并不知道沙皇是否真的能够仁慈善良的对待人民。但是人民相信，沙皇与国民是家长同家庭成员之间的关系，因此，沙皇也会像父亲一样，关心人民，仁爱地对待人民。在描绘仁慈善良的沙皇故事中，下层阶层是能够亲自见到沙皇，向沙皇展现自己的才能及提出自己的要求，而且有的会面不是在皇宫，而是在集市或乡村，普通的农民或小商贩也可以直接与沙皇对话。走出皇宫的沙皇与人民走得很近，可以切实地关心人民的生活，了解人民的心愿。这些现实生活中不可能发生的事情，既是人民尊敬沙皇和认为“沙皇是对穷人关心备至的父亲”②思想的反映，更是人民美好愿望的表达。

随着社会的发展，人民的阶层意识和对社会不公的认识日渐增强，因此，沙皇对于人民不再如从前那般如上帝一样神圣，人民对沙皇的权力和统治产生了质疑。时代的变化和人民思想的变化反映在人民集体创作的民间故事中，表现为故事中不再只有公正又善良的正面沙皇形象，还有被人民批判和嘲笑的负面沙皇形象。

5. 沙皇的负面形象特征表现为：

(1)不守信用。沙皇许诺要将女儿嫁给完成其难题的人，但是当看到完成任务的人“没有一个贵族，都是平民”时，沙皇改变了主意，“怎么能将公主嫁给普通的农夫呢，于是开始想办法摆脱这个女婿”③。

(2)专横武断。公主被不认识的贫穷农夫利用狗鱼施咒，怀上了农夫的孩子。无论公主怎样解释，沙皇就是不相信自己的女儿，在孩子出生找到自己的父亲后，愤怒的沙皇将公主一家“封到大酒桶里，扔到海中”④。

(3)贪得无厌。射击兵献给沙皇珍贵的火鸟羽毛，但沙皇却说：“既然你已经得到了火鸟的羽毛，那么你就要为我献上这只火鸟；否则我就用我的剑把你的头砍下来！”在射击兵找到火鸟后，沙皇又要求“既然你能找到火鸟，你也能为我找到未婚妻”⑤。

---

① Афанасьев А. Н. Народные русские сказки：В трех томах. Москва：Наука. 1984. Т. 2. С. 154.

② 鲍里斯·尼古拉耶维奇·米罗诺夫：《俄国社会史》，张广翔、许金秋、郭宇春、刘玉宝、沈莉华、王绍章译，山东大学出版社，2006 年，第 247 页。

③ Афанасьев А. Н. Народные русские сказки. Москва：Наука. 1984. Т. 1. С. 206.

④ Афанасьев А. Н. Народные русские сказки. Москва：Наука. 1984. Т. 1. С. 289.

⑤ Афанасьев А. Н. Народные русские сказки. Москва：Наука. 1984. Т. 1. С. 304.

(4)善妒不公。善妒,滥用手中的权利夺取下层阶层士兵的妻子是俄罗斯民间故事中较为典型的负面沙皇形象。沙皇在见到射击兵或士兵的美貌的妻子后,“疯狂地迷上了她的美”,并且“感到痛心,心想:我应当娶这个美丽的姑娘,她怎么能嫁给一个射击兵呢?她天生就应当是王后”,于是“开始想坏主意,怎样才能从还活着的丈夫手中抢到他的妻子”①。沙皇立刻就召集所有大臣,命令他们想出杀死丈夫的主意。结果这位可怜的,处于下层阶层的丈夫就被命令去完成不可能完成的任务,如“到尼什托(Ничто)城带回不知道是什么的东西(неведомо что)”等,沙皇想趁机抢到他的妻子。

(5)粗鲁残忍。在《商人的女儿和女仆》中,沙皇得知商人的女儿聪明又美丽,就想立刻将她娶进皇宫。于是,“沙皇一个小时都等不了,立刻写了一封信,然后向宪兵喊道:‘到商人家去,把信交给他的女儿’”,信的内容是‘收拾收拾,马上来结婚’”②。信中的用词恰恰反映了沙皇的粗鲁。

残忍的沙皇为了得到缝制精美的王冠,命令宪兵“剜除被俘士兵的一只眼睛”来满足卖王冠的人的条件③。面对一心想要迎娶的美丽公主提出的将射击兵丢到热水中洗澡,否则就不嫁给他的要求时,沙皇残忍地命人“往生铁锅里倒水,尽可能地把水烧开,然后把射击兵丢了进去”④。

沙皇会因为他的负面品质和不当的行为受到惩罚。对沙皇的惩罚有的是迫使其接受现实,如沙皇想尽办法想要摆脱让农民成为自己女婿的命运,但由于农民完成了他提出的所有难题,因此不得不将公主嫁给农民。有的则是利用神奇的宝物或人物来让沙皇认错,如沙皇想要杀死为他找到古斯里琴(Гусли)的主人公,情急之下,主人公对神奇的棒子喊道:“哎,粗棒子,打他,打他”,于是棒子就冲了出去,不断地打他,直到把邪恶的沙皇打死⑤。农夫会利用“狗鱼的命令”(по щучьему веленью),将价值连城的鸭子绑到了沙皇的长袍下摆上,使其当众受辱,让不信任女儿的武断沙皇也感受到了被冤枉的滋味,“父亲!当时你不相信我的话,而现在让你通过自身证明,无辜的犯错者是有可能的”⑥。神

---

① Афанасьев А. Н. Народные русские сказки. Москва:Наука. 1984. Т. 2. С. 150.

② Афанасьев А. Н. Народные русские сказки. Москва:Наука. 1984. Т. 1. С. 177.

③ Афанасьев А. Н. Народные русские сказки. Москва:Наука. 1984. Т. 1. С. 178.

④ Афанасьев А. Н. Народные русские сказки. Москва:Наука. 1984. Т. 1. С. 306.

⑤ Афанасьев А. Н. Народные русские сказки. Москва:Наука. 1984. Т. 2. С. 134.

⑥ Афанасьев А. Н. Народные русские сказки. Москва:Наука. 1984. Т. 2. С. 291.

奇的马会帮助自己的射击手主人免遭被开水烫死的命运,"不要害怕,你会活着",但却让下令将马主人倒进开水锅里的残忍沙皇烫死在锅中。

负面形象的沙皇还会成为人民嘲笑的对象,如《布赫坦·布赫坦诺维奇》(Бухтан Бухтанович)中,狐狸欺骗了轻率幼稚的沙皇,一无所有的布赫丹利用沙皇的东西装扮成富有的人,还使得沙皇相信他不是一无所有的普通农夫。出于虚荣和贪婪,沙皇将公主嫁给了"假富翁"。沙皇还会因为懦弱、胆小受到人民地嘲笑,如在妻子被猛烈的旋风卷走之后,沙皇只会忧伤发愁,却不知道"应当如何是好"①,只能在儿子们长大后请求孩子们救回妻子。

故事中负面形象的沙皇不再是威严的君主,反而成了优柔寡断、不敢战胜挑战的小老头,连外貌都变成"衰老,眼睛变盲"。对沙皇地嘲笑与批判,摘掉了沙皇头上神圣的光环,破除了其不可侵犯性。

对待粗鲁残忍、善妒不公的坏沙皇,人民不仅会嘲笑和惩罚他,也会希望有新的沙皇来代替他统治国家。这个新沙皇一定是来自民间的,人民自己的好沙皇。人民会希望优秀又懂礼的士兵儿子成为沙皇,完成各种神奇难题的射击兵能够代替贪婪凶狠的坏沙皇成为国家的君主,"人民集合在一起,请求射击兵统治整个国家",希望善良的农民儿子通过娶到公主成为未来的沙皇。俄罗斯民间故事中表达了人民对公平正直、仁慈善良、拥有威严和真正为人民办事的好沙皇的推举和期盼,表明人民仍然把实现美好公平社会的希望寄托于合格的、能真正执行上帝意志的专制者——沙皇身上,反映了俄罗斯传统社会人民的君主主义思想和对沙皇的幻想。

二、王子和公主

王子和公主在民间故事中是最常出现的人物。其中王子是人民非常喜爱的故事人物。

故事中的王子,通常是小王子,与他的父亲——沙皇不同,人民对他只有正面的评价。故事中的王子通常都叫做伊万。从外貌上,王子都是英俊的年轻小伙子,体格健壮,属于是勇士型的主人公,即英勇无惧,能力过人,能战胜邪恶魔怪。

---

① Афанасьев А. Н. Народные русские сказки. Москва: Наука. 1984. Т. 1. С. 189.

作为王子,未来的国家君主,他的职责是保卫国家,“伊万王子穿上战服,拿起剑去对抗进攻者”①。

王子还会保护父母和兄弟姐妹。王子会为了父亲的心愿而去未知的国度寻找“长生苹果”和“生命之水”,会到非人类的危险世界解救自己的母亲。在兄弟被巫婆抓住后,王子可以不顾自身的安危,将兄弟解救出来。当妹妹生病需要野兽的奶时,作为哥哥的伊万王子一定会去森林冒着危险为其找回。

王子还需要保护未婚妻的国家。在《王子和他的侍从》故事中,伊万王子战胜了以婚姻为要挟,前来进攻其未婚妻国家的蛇怪。

王子拥有过人的力量,可以战胜与巫婆对峙的勇士,可以“用拳头打破十二扇铁门,十二把铜锁”,驯服“踢断十二根铁链”②的宝马。

王子能够忠于爱情。王子为了心爱的人,远离家乡,去遥远的地方,历经艰辛寻到所爱的人。在未婚妻被妖魔劫走之后,王子还是不离不弃,战胜妖魔,最终将未婚妻解救出来。

王子是公正的。陪妻子回家省亲的王子得知妻子所受的折磨后,严厉地惩罚了欺负妻子的人,如“因好色欺侮王妃的将军被发配去做苦役,而解救王妃的水手被提升为将军”③。

王子尊重长者,因此能够获得有益的建议。王子心地善良,愿意解救并不认识的受困者,如在解救母亲的途中还解救了同样被蛇怪劫来的公主。即使受到兄长的加害,也能为他们向父王求情。王子还很慷慨,安葬死去的勇士(метрвый богатырь),“举办葬后宴,买了所有食物和餐具”,人们吃完后,王子还让人们“把需要的都拿走”④。

从以上的描述我们可以看出,王子之所以成为人民喜爱的人物不仅是因为他拥有的王子地位,更是因为他品质高尚、待人友善、勇敢坚定。

但是对待公主,人们却有两层评价。在人类世界和非人类的神奇世界都有自己的公主。公主在故事中都是美丽的无法用语言描述的美女。她们都很聪明,有的公主还拥有能够战胜勇士的力量和神奇的魔法。她们婚后会尽力帮助

---

① Афанасьев А. Н. Народные русские сказки. Москва:Наука. 1984. Т. 1. С. 262.
② Афанасьев А. Н. Народные русские сказки. Москва:Наука. 1984. Т. 1. С. 270.
③ Афанасьев А. Н. Народные русские сказки. Москва:Наука. 1984. Т. 2. С. 133.
④ Афанасьев А. Н. Народные русские сказки. Москва:Наука. 1984. Т. 2. С. 308.

丈夫,凭借自己的能力为丈夫赢得财富和荣誉。但并不是所有的公主都是正面的形象,如有些公主养尊处优,不知贫民的疾苦,“公主在复活节当天沿街向穷人发放施舍时,唯独忘记了农夫”。结果,农夫就利用狗鱼的魔力,娶到公主。在两人被赶出皇宫后没有吃喝时,农夫就教训公主说:‘你现在知道口渴和饥饿的滋味了吧?穷人就是这样受苦的,而你却在复活节不想给我施舍!’”①。有的公主不满嫁给底层出身的农民儿子,而与别的王子私通,想尽办法要摆脱与自己身份不符的丈夫。还有的公主利用自身的优势欺负比自己能力弱的丈夫,让原本是王子的丈夫去喂猪。

人民对王子和公主的评价不仅是从社会阶层的角度出发,也是从男女行为标准出发,如公主的负面形象多源于她是不忠的妻子,而正面的公主形象既反映人民对公主高贵地位的美好想象,也反映人民对其符合好妻子标准的肯定。

三、贵族阶层

贵族阶层是十月革命前俄国社会的上层阶层,包括封号贵族(伯爵、男爵和公爵)、古老贵族、通过赏赐而取得身份的贵族、通过担任军职和文职取得身份的贵族。其中贵族大公(князья),大贵族(бояре),将军,枢密院官吏(сенаторы),书记员(думные дьяки)、与农民有直接联系的地主(барин)和法官(судья)是出现在俄罗斯民间故事中的贵族阶层。

按照贵族内部权利的大小和地位的高低,俄罗斯民间故事中的贵族可以分为两部分:作为沙皇近臣的大贵族、大公、将军、枢密院官吏;与人民直接接触、地位低于上述贵族的地主和法官。

在俄罗斯民间故事中,作为沙皇近臣的贵族是俄国国家政权重要的上层管理者,是沙皇的顾问。在人民眼中,他们地位显赫,如果国家需要人们效劳,他们应该首当其冲,“有显贵的人,有富有的人——我们可比不上他们”②。贵族的生活对人民来说是奢侈的,“大公按照沙皇和贵族的传统,会去森林打猎,这可不是我们能比的”③。

位高的贵族是沙皇和王子的辅政者。当沙皇和王子需要做决定时,会召集

① Афанасьев А. Н. Народные русские сказки. Москва:Наука. 1984. Т. 1. С. 289.
② Афанасьев А. Н. Народные русские сказки. Москва:Наука. 1984. Т. 2. С. 79.
③ Афанасьев А. Н. Народные русские сказки. Москва:Наука. 1984. Т. 2. С. 106.

他们,询问他们的意见。沙皇的征询包括和自己家庭有关的问题,如"伊万王子召集大公和大贵族们,问道:'你们允许我和哪个妻子生活在一起'"①;"沙皇召集了所有的枢密院官吏和杜马书记一起商议,怎样才能将女儿从三头蛇怪那里救出"②。会询问与保卫国家的重大问题,如沙皇收到水沙皇的信,信中说,"如果沙皇不在某天把自己的女儿马尔法公主(Марфа - царевна)送到某个岛上嫁给水沙皇的儿子为妻,那么水沙皇就会把所有居民和整个国家烧掉"③。为此,沙皇会紧急召集近臣商议对策。

贵族们在回应沙皇的问询或要求时,他们的品行就完全展现在人民面前。大贵族和大公偶尔会给出公正的决定,例如,沙皇或王子受到巫婆的蒙骗,被替换了妻子,得知真相后,他向大贵族和大公征询意见时,他们站到了受害的原配善良妻子的一方,"应当和第一个妻子生活在一起"④。但是在故事社会中,作为沙皇近臣的贵族却更多地表现为负面形象。他们负面形象的特征有:

1. **胆小懦弱**

在沙皇真正需要贵族去做事情的时候,贵族却由于胆怯而不能给沙皇以支持,如许多大公、大贵族和所有的老爷都来看沙皇贴出的征召解梦人和寻马人告示,"但是他们想了想——没人可以解梦,没人愿意去找那匹梦中的马"⑤。沙皇的爱女被蛇怪劫走之后,沙皇马上召集会议,希望杜马中的大贵族能够为其找回爱女,到时会将公主嫁给他,并配上贵重的嫁妆,但是"问了一遍——大贵族都无人回应,又问一遍——还是没人回答,第三遍时仍然全场鸦雀无声!"⑥。

2. **极尽谄媚**

作为沙皇的近臣和辅政者,本应辅佐沙皇做有益国家和人民的事,但是大贵族等却只关心自己能否获得沙皇更多地宠爱。为了这个目的,即使明知沙皇有错,仍然置之不理,甚至成为沙皇的教唆者。在《不知道去哪里,不知要带回什么》故事中,善妒的沙皇希望得到他人美丽的妻子,贵族并没有反对这个错误

---

① Афанасьев А. Н. Народные русские сказки. Москва:Наука. 1984. Т. 1. С. 99.
② Афанасьев А. Н. Народные русские сказки. Москва:Наука. 1984. Т. 1. С. 134.
③ Афанасьев А. Н. Народные русские сказки. Москва:Наука. 1984. Т. 1. С. 134.
④ Афанасьев А. Н. Народные русские сказки. Москва:Наука. 1984. Т. 1. С. 99.
⑤ Афанасьев А. Н. Народные русские сказки. Москва:Наука. 1984. Т. 1. С. 179.
⑥ Афанасьев А. Н. Народные русские сказки. Москва:Наука. 1984. Т. 1. С. 193.

的决定，反而想尽办法促成沙皇的不良动机，以期得到沙皇的赏赐。他们会向沙皇献计进谗言，如建议沙皇如何陷害射击兵来得到他的妻子，“陛下！像玛丽亚公主（Марья – царевна）（射击兵的妻子）这样美貌的姑娘世界上找不到第二位；您最好命令射击兵去寻找不知是什么的东西，他一定一辈子都找不到，到时您不就可以和玛丽亚公主一起生活了吗？”①。

3. 自私善妒

贵族为了保住沙皇对他们地宠幸，继续得到沙皇对他们地信任，他们不惜使用卑劣的手段。当有人比他们更讨沙皇的欢心时，使得“沙皇不再信任他们”，他们就会十分嫉妒，会商议“怎样在沙皇面前诬陷”这个人，让他“不仅不能成为第一宠臣，而且还要变成最坏的骗子！”。他们还不能容忍出身比自己低的人超过自己，“出身普通，农民出身的人竟然成为王子的第一宠臣！怎样才能破坏他们的友情？”②。即使没有威胁到他们的地位，但“别人的幸福仍然让他感到厌恶”③。因此，当将军得知沙皇有意愿娶商人美丽的妹妹时，他就在沙皇面前诬陷这个纯洁的女孩，“我早就认识她，并和她玩过多次爱情游戏，她完全是个浪荡的女人”④，并用奸计骗得沙皇对此信以为真。

4. 冒领功绩

贵族虽然胆小，却能够夺取他人的功绩，因此获得奖赏，如在《伊万王子与马尔法公主》（Иван – царевич и Марфа – царевна）中贵族老爷在伊万王子与蛇怪打斗时，领兵躲到了森林里。在蛇怪被王子战胜后，他却赶在伊万王子之前跑到沙皇面前邀功，并且威胁公主不要说出真相，强迫沙皇将公主嫁给他。

作为担任军职的贵族，故事中的将军并没有承担保护国家，建立功勋的责任，而是设计夺取他人的功勋，在君主面前争宠，压制他人。在《神速的信使》（Скорый гонец）故事中，信使快速回到祖国，为已出征在外的沙皇取回武棒和利剑。但由于疲倦，在返程的路上睡着了。结果，“这时一位将军路过此地，看到信使后立刻将其推入海中，并且拿走了信使的武棒和利剑，带给了沙皇”⑤，

① Афанасьев А. Н. Народные русские сказки. Москва：Наука. 1984. Т. 2. С. 146.
② Афанасьев А. Н. Народные русские сказки. Москва：Наука. 1984. Т. 1. С. 77.
③ Афанасьев А. Н. Народные русские сказки. Москва：Наука. 1984. Т. 3. С. 74.
④ Афанасьев А. Н. Народные русские сказки. Москва：Наука. 1984. Т. 3. С. 74.
⑤ Афанасьев А. Н. Народные русские сказки. Москва：Наука. 1984. Т. 2. С. 313.

夺取了真正功臣的功绩和奖赏。

5. **愚蠢无知**

大贵族和将军在民间故事中是愚蠢的。他们猜不出沙皇的谜语,只能向下层的农夫求助。“大贵族和将军想啊想,猜啊猜,不停地盘算,但是怎么也猜不出来”①,其中一位倒很机灵,到处去问,直到找到聪明的农夫帮忙。

作为反面人物的贵族最终都受到了惩罚,如向沙皇进谗言的大贵族和主人公一起来到海底后,见到魔鬼过来,吓得直向主人公求救,“发发慈悲,不要把我们交给魔鬼,趁着我们还活着,把我们带回去吧”②。而当他们被主人公带回见沙皇后,吓了沙皇一大跳,“这些大贵族脸都凹进去了,眼睛掉了出来,铁鞭从他们的背后和肋骨伸了出来”③。骗取功绩、诬陷他人的贵族最终未能如愿,不是被流放,就是被当众揭穿罪行,受到严惩。

故事中位高的贵族只有负面形象表明,社会上层阶层与下层阶层之间,由于经济制度和权利的差异,存在着不可调和的矛盾。农民的土地归贵族所有,实行农奴制后,农民完全依附于贵族,农民如同奴隶一样受到压迫和管制。“普通百姓非常痛恨贵族”④。虽然人们忠于君主专制,但并不意味着对贵族和官僚也持支持态度。对于大贵族和将军等沙皇的近臣,人民并没有因为信奉沙皇而同样去信奉他们。相反,在君主制的影响下,人民认为,作为上帝仆人——仁慈的父亲的沙皇,不可能不为百姓的幸福着想。而人民之所以受到压迫、受到奴役,不是沙皇的本意,而是受到其身边的贵族欺骗。从故事中对只会为沙皇进谗言,出诡计害人,却不能真正辅佐沙皇,为沙皇分忧的大贵族和杜马成员形象的负面描述就可以看出,农民阶层对于位高权重的贵族的否定态度。

在贵族阶层的所有成员中,越接近人民生活的地主和地方官吏越容易受到人民地厌恶和憎恨。人民在日常生活中更多地感受到的是地主的制约,因此两者间的阶层矛盾和敌意更加明显。在反映农民现实生活和感受的日常生活故事中,农民坐无情地嘲笑和蔑视地主,夸大地主身上的缺点和丑恶,同时也会取笑地主婆。将她放到可笑的情景中,嘲笑她的不忠,借此表达人民对地主的不

---

① Афанасьев А. Н. Народные русские сказки. Москва:Наука. 1984. Т. 3. С. 324.

② Афанасьев А. Н. Народные русские сказки. Москва:Наука. 1984. Т. 2. С. 164.

③ Афанасьев А. Н. Народные русские сказки. Москва:Наука. 1984. Т. 2. С. 164.

④ Модзалевский Б. Л. ,Оксман Ю. Г. Декабристы:Неизданные материалы и статьи. Москва:Изд – во Всесоюзн. об – ва полит. каторжан и ссыльно – поселенцев. 1925. С. 40.

满和反抗。地主的负面形象表现在：

(1)贪婪吝啬

地主已经是富有的贵族阶层，但是他的财富仍然不能满足他贪婪之心。由于贪婪，在无法从贫困的农民老夫妇手中买到能变成薄饼的磨石，于是地主就从老婆婆那里偷走了它。

农民的儿子得到宝物后宴请村中富有的地主，但是"客人们看到满桌的银子很吃惊，立刻开始抢夺起银子并藏了起来"①。

地主不仅贪婪，而且吝啬。为了能让他的雇工尽可能的多干活，"一分钟都不让他休息，简直就是用各种工作将他们折磨到极点"②。

故事中贪婪吝啬的地主一定会为此付出代价。贫困老夫妇家中的神奇公鸡会帮助主人要回被地主偷走的磨石。他会在地主的宴席上不停地叫，"地主，地主，还给我们金磨石、蓝磨石"，直到地主的客人都来看，神奇公鸡趁机夺回宝物。

为了惩治吝啬的，不愿意付给为他工作了一年的雇工工钱的地主，雇工要求地主为他工作三天，如果地主能坚持，雇工就不要工钱，还给地主一百卢布。这期间，雇工用地主折磨他的手段来对付地主，以致地主"不再觉得得到这笔钱是好事"，只好让雇工拿走自己的工资③。

(2)残忍无情

地主不仅是贪婪的，有时甚至是残忍的。在得知吃掉情人所拥有的神奇鸭子会变成沙皇后，就怂恿情人杀死那只能给家里带来财富的鸭子。鸭子被情人的孩子无意间吃掉后，他竟然要求情人"杀死你的孩子，一个剜除大脑，一个挖出心脏"④。

地主是土地的拥有者，也是地主农民的主人——老爷。地主对农民的统治是蛮横的，要求农民对其绝对服从，"如果地主管家高兴，他就会把我和你(农夫和农妇)赶去干活。如果不高兴，就用棍子打我们"⑤。可见，"他想做什么就做

---

① Афанасьев А. Н. Народные русские сказки. Москва：Наука. 1984. Т. 2. С. 36.

② Афанасьев А. Н. Народные русские сказки. Москва：Наука. 1984. Т. 2. С. 74.

③ Афанасьев А. Н. Русские заветные сказки. http://www. hobbitaniya. ru/afansyev/afanasyevzs44. php

④ Афанасьев А. Н. Народные русские сказки. Москва：Наука. 1984. Т. 2. С. 63.

⑤ Афанасьев А. Н. Народные русские сказки. Москва：Наука. 1984. Т. 1. С. 71.

什么”①。虽然农民对地主身上体现的恶劣品质和蛮横统治不满,但是农民仍然认为地主是农民事物的裁决者,如果农民有家庭问题或其他问题,都要向地主报告,请求裁决,例如,由于儿子不去赡养父亲,“老人忍无可忍,去地主那里告儿子的状”②;地主的领地出现小偷,“农民会集合为米尔,一起向地主告状”③,希望地主为他们做主。农民要求地主为其做主的行为表明,部分农民还是对地主怀有盲目地信任,甚至将其看作是自己的保护者和拯救者。

农民经常接触的底层官吏是地方法官。法官本应是公正的象征,但是在沙皇俄国时期的法官并不能在平民和上层人物之间做到利益的平衡,而是偏袒上层,或是为了贿赂而不顾事实真相,偏袒行贿方。这样不公的事实反映在民间故事当中。故事中人民把法官的不公和受贿夸大,集中讽刺了法官的贪婪。在《舍米亚金法庭》(Шемякин суд)故事中,贪财的法官以为贫穷的被告向其示意石头错看成100卢布,因此不顾事实真相而做出荒谬的判决;被穷兄弟弄断尾巴的原本属于富兄弟的马归穷兄弟,直到马尾巴长出来再还给富兄弟;让被压死孩子的农夫把妻子给穷兄弟,“直到妻子生出孩子”;被穷兄弟压死的儿子被判从桥下跳下,用同样的方式压死穷兄弟。结果原告们为了不损失更多,不仅和穷兄弟和解,而且还给了穷兄弟钱。

故事中法官不仅表现出贪婪和不公,还表现出了对这两大缺点的不以为意,如穷兄弟向法官示意石头,是“向如果法官不判他胜诉,他就把法官打死”的警告。法官在得知真相后,竟然松了一口气,“上帝保佑,我判他胜诉”④。

法官的贪婪和愚蠢一定会受到人民的惩罚。小偷在决定偷那一家东西时,经过商议决定,“如果去神父那偷,神父的钱来得不容易;如果去商人那,商人赚钱也不易;我们去法官那偷吧,他的钱来得容易”。两个小偷由于分赃不均吵起来,“我应当得到裘皮,是我想出喂狗的方法,大门才打开的”,为了分出是非,他们决定,“如果这样的话,我去找法官,他擅长判案和评论,就让他给我们做评判吧”⑤。结果发现,法官还没有睡,愚蠢的法官帮助小偷断了案子,自己却“只剩

---

① Афанасьев А. Н. Народные русские сказки. Москва:Наука. 1984. Т. 3. С. 71.
② Афанасьев А. Н. Народные русские сказки. Москва:Наука. 1984. Т. 3. С. 163.
③ Афанасьев А. Н. Народные русские сказки. Москва:Наука. 1984. Т. 3. С. 166.
④ Афанасьев А. Н. Народные русские сказки. Москва:Наука. 1984. Т. 2. С. 44.
⑤ Афанасьев А. Н. Народные русские сказки. Москва:Наука. 1984. Т. 3. С. 173.

下空粮仓，裘皮大衣也被偷走了”[1]。

不论是位高离人民生活较远的贵族，还是直接干涉人民生活的贵族，他们在社会地位和权利上要明显高于普通的人民，作为弱势群体，人民是无法与贵族抗衡的。但是在故事中，人民就可以尽情地抒发对他们的不满。在故事中人民的不满和反抗是通过夸大贵族身上的负面形象实现的。人民通过对贵族及贵族家人恶劣品质的嘲笑与惩罚，表达对社会秩序的不满和实现社会正义的愿望。

四、商人

故事的开端常常表明人物的身份，其中商人是出现频率较多的职业。商人是俄国出现较晚的一种职业和阶层。它属于富裕的上层阶层。

商人在人民眼中是富有而显贵（именитый）的人，“商人生活得很好”[2]，拥有大房子，可以邀请很多人举行宴会。年轻的商人会经常去小酒馆玩牌、赌钱。故事中商人通常会有店面，“某个国家住着一位商人，他有许多财富和十二个店铺”[3]。他们需要从事海外贸易，需要乘船到遥远的国家，带回俄国所没有的商品，同时带给外国连他们的君主都没有的珍品，“商人生活得很富有，经常乘船去别的国家贩卖商品”[4]；“商人装满自己商船，在海上航行两三个月，在别的国家登陆后购买海外的商品，也将自己的商品卖个好价钱”[5]；“谢谢你的礼物，这样的宝石我从来都没有见过，你选一个城中最好的地方做生意吧，我不会收税的”[6]。他们也会经历一些奇遇，如遇到海怪。民间将商人与大海，到海外做贸易联系在一起，与古罗斯人从海路来到俄国做贸易有关。对于不轻易离开家乡，认为遥远的他国充满危险，无法得到庇佑的俄国人民来说，商人带有一定的神秘性，他能够带回“小红花”，可以“买到公主”。故事的主角经常是商人的儿子。他的叔叔也是商人，但是商人“重利”的人物特质在他的叔叔身上得到了体现。故事的开篇从商的父亲通常已经去世。随叔叔一起出海买回商品后，如果

---

① Афанасьев А. Н. Народные русские сказки. Москва：Наука. 1984. Т. 3. С. 173.
② Афанасьев А. Н. Народные русские сказки. Москва：Наука. 1984. Т. 2. С. 260.
③ Афанасьев А. Н. Народные русские сказки. Москва：Наука. 1984. Т. 2. С. 221.
④ Афанасьев А. Н. Народные русские сказки. Москва：Наука. 1984. Т. 2. С. 221.
⑤ Афанасьев А. Н. Народные русские сказки. Москва：Наука. 1984. Т. 2. С. 341.
⑥ Афанасьев А. Н. Народные русские сказки. Москва：Наука. 1984. Т. 2. С. 219.

商人叔叔不喜欢这个商品，认为没有价值，就不会允许将货品卸到他的船上，而要侄子另外雇船。

从事贸易的人不仅包含商人等级的人，也可以包含农民等级的人，如农民去问自己的命运(доля)，“怎样才能赚钱，命运就让其‘做贸易’”，成为商人；由于得到宝物而变富有的农民也会加入“商人行列，寻找一个铺子，雇来一些伙计”①。

在分析过俄罗斯民间故事社会中多数是负面形象的上层阶层成员后，我们再来分析故事社会中下层阶层的形象。

第二节　下层阶层

下层阶层主要指农民与士兵。下层阶层人民的生活都是困苦的。在故事的开篇就常将人物的生活状况告知读者，“在木屋里住着老头和老太婆。他们生活得很贫苦，没有粮食吃”。不仅生活困苦，下层人民还会受到上层权贵的欺侮，如向士兵借钱的长官“不仅不承认借过钱，还将士兵打了一顿”。下层人民就生活在这样的环境中，但是他们并没有放弃希望。

一、农民阶层

处在社会阶层下层的农民是故事中经常出现的人物。在有些故事的开端会直接表明人物的农民身份，如“某个国家住着两个农民”“一个农夫有两个儿子”“有一位贫穷的庄稼汉，无论他怎样耕作，什么也得不到”，等等。但未标明人物阶层时，“老头子和老婆子”“老爷爷和老奶奶”这样的称谓同样可以表示他们的农民身份。

故事中的农民与现实社会一样是没有社会权利的，但彼此间经济状况不同。有的农民“连面包都没有”，有的“生活得既不贫穷，也不富裕”，而有的就是富农了。农民作为统一受压迫的阶层，理应团结。但由于经济程度的差异，农民之间也会产生矛盾。富农与贫农之间的矛盾在故事中通常是通过穷兄弟和富兄弟体现出来的。虽然主人公是亲兄弟，但故事主要不是从家庭关系的角

① Афанасьев А. Н. Народные русские сказки. Москва：Наука. 1984. Т. 2. С. 67.

度出发，而是着重强调贫富之间的社会现象，比如在《两种命运》（Две доли）故事中，两个农民兄弟分别娶了穷姑娘和富姑娘，由此造成了境遇大不相同。穷兄弟过得很悲惨，连粮食都没有。为了抚养孩子，只得向富兄弟求助。但富兄弟却断然拒绝，“你就这样活吧！我虽然钱多但也得留给自己呢”①。穷兄弟只得再次请求，富兄弟勉强同意把马借给他一天，用来耕地。《不幸》（Горе）故事中的富兄弟会要求穷兄弟为他做一周的工，之后才肯帮助他。在《智慧的小女孩》（Мудрая дева）中，穷兄弟的小马驹跑到富兄弟的马车下，就被富兄弟说成是“马车昨晚生下了小马驹”，想要霸占穷兄弟的财产。可见，富农在故事中都是同上层阶层的地主一样，贪婪、吝啬、极其爱财。贪婪的富农还善妒。在看到穷兄弟的日子变得富有之后，富兄弟“嫉妒得都要哭了”。于是就向穷兄弟示好，询问其变富的原因。穷兄弟如实地告诉了富兄弟后，富兄弟却要使坏，跑到田野里放出“不幸”，让它“使穷兄弟完全破产，使他不敢再在我（富兄弟）面前炫富显威风”②。具有如此多负面品质的人物在故事中都不会得到好结局：放出“不幸”想要害穷兄弟的富兄弟被“不幸”跟住，破产了；想要占有穷兄弟的小马而撒谎的富兄弟也受到了沙皇的公正裁决。

当然，穷人与富人的矛盾也不仅仅局限在兄弟之间。在人民心中，富人都是自私、善妒的。富有的商人马尔科（Марко）也是如此。富人马尔科偷听到先知的预言，得知贫穷农民家出生的儿子将要得到他的全部财富，于是他就想尽办法要加害农民的儿子。结果最终还是没能摆脱命运的安排，财富被农民的儿子得到，而自己却被留在去往蛇沙皇（Царь Змий）那条必经的河上，“永远的摆渡”③。

贫穷的农民会自己出门做长工，如“他们（农民）一起去赚钱。走着走着，他们到了一个富有的村子，受雇于不同的主人”，如果上了年纪，农民会送孩子去做学徒，长工和学徒的生活都挺艰难。雇主会和长工或学徒事先商定好条件，如“做三年学徒，其间只能探亲一次”④；“士兵休假中，受雇为吝啬的地主做长工，工作一年，薪酬 100 卢布”等。虽然有条约，但是雇主希望在期限内获得最

---

① Афанасьев А. Н. Народные русские сказки. Москва：Наука. 1984. Т. 2. С. 437.

② Афанасьев А. Н. Народные русские сказки. Москва：Наука. 1984. Т. 3. С. 435.

③ Афанасьев А. Н. Народные русские сказки. Москва：Наука. 1984. Т. 2. С. 444.

④ Афанасьев А. Н. Народные русские сказки. Москва：Наука. 1984. Т. 2. С. 37.

大利益，作为弱势的雇工就会受到主人的最大程度地剥削。吝啬、严厉的主人会要求“公鸡一打鸣，长工就要起床干活。小伙子都觉得这太难，无法忍受。一周后就回家了”①；“地主让长工刷马、送肥、挑水、砍柴、打扫花园……完全是用劳作折磨他”。雇主还会还想从雇工口中省下食物，例如，只给雇工一块面包，却让他既要喂饱自己，又要喂饱看管的牲畜。学徒的师傅还规定学徒探亲的期限，“你的期限为三小时三分钟，如果期限内你没有回来——你就死定了”②。

与主人绞尽脑汁压榨雇工不同，雇工在工作期间都会尽力做好自己分内的事情，如学习手艺的学徒（работник）一般都很听师傅的话，勤快、手艺学得好。长工也会完成主人的命令。但是，学徒或雇工的勤劳不代表他们没有意识到主人的贪婪与吝啬。他们会用自己的头脑作为反抗的武器，利用机智来惩罚苛刻吝啬的主人。

对付要求雇工“待公鸡一叫就得干活”的苛刻主人，长工会事先把“公鸡的头绑到翅膀下”，这样公鸡就不会叫早，长工就会睡到自然醒。在面对地主只给了一块面包的长工，“自己能吃饱，狗也得吃饱，而圆面包必须还是得完整的”③的刁难时，及时想出了解决办法。结果，反而因为机智得到了主人的欣赏，“提高了之前商议好的报酬”。

为了惩治雇主，长工有时会事先与刻薄吝啬的主人约好，工作一年后只需要“弹主人一个脑瓜崩，掐他的妻子一下”。结果主人后来发现，“长工的脑瓜崩能把牛弹得半死，掐了牛皮一下，整张皮都掉下来”。于是由于害怕大力的连野兽和魔鬼都能制服的长工，主人夫妻想要逃跑。结果被长工发现，躲到主人要带走的袋子中，一直跟踪他们并和主人的妻子调换了衣服，与主人一起将真的妻子当作长工扔到湖中。

机智的长工不仅能制服主人，也能战胜魔鬼。日常生活故事中的魔鬼不是骇人听闻的魔怪，而是愚蠢的、受人嘲弄的对象。面对魔鬼，长工直接威胁他们，“我想把你们这些魔鬼拖到太阳下晒干，到时，你们这些恶魔就痛苦了”。长工还把绳子的两头连到一起，使魔鬼相信他的绳子可以“想量多长都可以，没有

---

① Афанасьев А. Н. Народные русские сказки. Москва: Наука. 1984. Т. 1. С. 215.
② Афанасьев А. Н. Народные русские сказки. Москва: Наука. 1984. Т. 2. С. 37.
③ Афанасьев А. Н. Народные русские сказки. Москва: Наука. 1984. Т. 3. С. 61.

头”①,可以将魔鬼从无底的漩涡中拖出。在《沙巴尔沙》(Шабарша)里,“长工沙巴尔沙用纤维搓绳子,要清干池塘,找出魔鬼”。魔鬼害怕得只好和他进行比试,结果沙巴尔沙用各种计谋战胜了愚蠢的魔鬼,得到了魔鬼的财宝,“从此长工生活得非常好”②。

不仅长工会嘲弄惩罚雇主,农民也会想办法嘲笑地主,报复所属的地主,例如,地主打了农夫,并从他手中抢走了价值一百卢布的鹅,随后农夫利用在地主家盖澡堂的机会,与地主一起去森林中伐木,趁机把地主绑到树上打了一顿。医生来了以后,“农夫又利用治病的机会,打了地主一顿”③。

故事中如果穷人日子过得太苦,就会成为乞讨者。这样的乞讨者虽然其经济贫穷且处在社会的最下层,但却是具有预言能力和能够助人的奇人。这个形象就如同俄罗斯的流浪圣徒,他们衣着褴褛,如同乞丐,但是他们是上帝在人间的“发言人”,是天使在人间的一种形象。在沙皇没有生育子女,并为此寻求良方时,乞丐会为其提供解决的办法。乞丐来到沙皇面前,沙皇问他道:“你知不知道我应当怎样做才能有孩子?”乞丐给出了答案,而这个答案真的使沙皇有了三个儿子。在《残疾人》(Убогий)故事中,无腿的残疾人帮助贫困善良的农夫和他的孩子从强盗那里得到财富,“拿着这十二车货物和所有的东西”,残疾人说完就从眼前消失了。主人公回家打开货物,发现里面都是银子④,如果不尊重乞丐,那么就会受到惩罚。乞丐在故事中对主人公命运的影响,不仅是受到东正教的影响,也是希望人们能善待穷人,不要侮辱受苦人的愿望表达。

不仅农民是民间故事的主人公,农民的儿子也常为故事的主人公。农民的儿子敢于接受他人无法或不敢接受的任务,如在《布里亚勇士牛的儿子伊万》中,农民的儿子在还不知道结果的情况下,就自告奋勇第向沙皇报告他知道皇后不能怀孕的原因。在《农民的儿子伊万,长着七俄里胡子的手指男人》里,当所有“老爷”不能达成沙皇的心愿时,出身贫穷农民家庭的伊万却愿意并真的实现了国王的愿望。当大贵族不愿意帮助沙皇找到失踪的公主时,村子中“贫穷寡妇”的儿子们却能够响应沙皇的告示,战胜巫师和蛇怪,救回了公主。

---

① Афанасьев А. Н. Народные русские сказки. Москва:Наука. 1984. Т. 1. С. 218.
② Афанасьев А. Н. Народные русские сказки. Москва:Наука. 1984. Т. 1. С. 221.
③ Афанасьев А. Н. Народные русские сказки. Москва:Наука. 1984. Т. 3. С. 199.
④ Афанасьев А. Н. Народные русские сказки. Москва:Наука. 1984. Т. 3. С. 103.

农民的儿子敢于接受挑战，并顺利达到目的，一是因为其本身就拥有超人的力量，是强壮的勇士。他能“在短时间就打败成百上千的士兵，有的被他打死，有的被他用手杖打伤活捉进城”。他做事认真，如果是在军中服役，那么“总是十分愿意完成自己的职责，不拒绝任何劳动，并能坚持真理”，因此，“沙皇喜欢他胜过其他所有的将军和部长”①。二是因为“善良勤劳的农民总能够得到神奇助手的帮助”②，如他的宝马会助他克服障碍，解决难题。而他之所以能够得到助手的支持，是他自身对老人和父亲的尊重，“我为什么要责骂老奶奶呢？”“农民的儿子伊万追上老爷爷，扑倒在他脚下，请求他原谅自己刚才的无理”③，还有善良的品质，如能用他仅有的钱从商贩手中解救出小动物。三是因为他比较机灵。他能趁着强悍的勇士睡觉时，“用韧皮缠住他”，从而抓住他；他能够用计让争抢宝物的巨人分开，趁机得到宝物。

出身社会下层的贫穷的农民儿子能够比地位高的贵族勇敢、能干，能够取得和王子一般的功绩，表明民间故事的创作者——下层人民对自身阶层优秀品质的肯定，也是对上层阶层的嘲笑，更是对摆脱现实的受压迫状态的向往。

二、士兵

士兵是俄罗斯民间故事，尤其是日常生活故事中受到人民喜爱的形象。说到士兵，应当了解俄罗斯的服军役制度。俄罗斯早期的兵役制始于彼得一世时期。这之前贵族后备军和射击兵是军队的主要成员。兵役制开始实行后，所有年满 17 岁、20 岁和 30 岁的有能力完成兵役的良民都要服兵役。17 世纪末服役期由无期改为 25 年。一旦被征兵，青壮年男子就要离家去远方征战 25 年之后才会退伍返家。民间故事反映的就是这一真实的情况。“国家把士兵安插到遥远的地方；他服满了规定的期限，光荣退伍，开始返家”④；“士兵服满 25 年兵役，但连沙皇都没见过”⑤；“士兵服了 15 年兵役，一次都没有回家探过亲”⑥。因此，俄罗斯民间故事描述的多是服满兵役退伍返家或探亲的士兵。士兵在漫

---

① Афанасьев А. Н. Народные русские сказки. Москва：Наука. 1984. Т. 2. С. 26.

② 徐佩、杨蕊：《基于民间文学文本的俄汉语言世界图景比较研究》，《边疆经济与文化》2018 年第 5 期。

③ Афанасьев А. Н. Народные русские сказки. Москва：Наука. 1984. Т. 3. С. 180.

④ Афанасьев А. Н. Народные русские сказки. Москва：Наука. 1984. Т. 1. С. 224.

⑤ Афанасьев А. Н. Народные русские сказки. Москва：Наука. 1984. Т. 3. С. 56.

⑥ Афанасьев А. Н. Народные русские сказки. Москва：Наука. 1984. Т. 3. С. 133.

长的兵役后，一定要回到自己的家乡。对他们来说，亲人最为重要。即使中途遇到沙皇的极力挽留，“留在我这里！我让你成为最重要的人”，但士兵还是要走，因为“要见见自己的亲人”。有关士兵的故事情节多数都是在士兵返家的途中发生的。士兵在俄罗斯民间故事中表现出以下几个形象特征：

1. **勇敢无畏**

“俄罗斯的士兵什么都不畏惧”①，甚至连鬼怪都不能让俄罗斯的士兵感到恐惧。因此，在听说公主被鬼怪缠住，“每晚都不得安稳，不停地打颤，高声尖叫……沙皇请来巫师和巫医治疗，但无论他做什么都不能使公主摆脱魔鬼的折磨”时，士兵却“想要去碰碰运气，也许可以使公主摆脱纠缠，到时沙皇也许会赏些路费”②。魔鬼为了吓跑士兵，制造出各种幻象，“暴雨，传来的雷声和破裂声，所有的墙壁都倒塌下来，陷入地缝；魔鬼突然出现在房间，大声嚎叫，跳舞；看到士兵后，就用各种可怕的事情来吓唬士兵”，例如，在休假未能按时返回部队的士兵面前出现各个军衔的军人来斥责士兵逃跑，要处死士兵等。但是士兵仍然能沉默平静地躺在“挂在大房间中间捆带的床上”或“不看这些恐怖的事情，一直读手中的书，不让书从手中掉落”，直到天明，魔鬼消失。同样的情况持续了三天，士兵一刻都没有退缩，没有表露出恐惧。

士兵不仅不怕魔鬼，还敢为魔鬼当雇工，结果不仅变成英俊的小伙子，还从魔鬼那里得到一大笔钱。以至于魔鬼的爷爷十分生气，“15 年你都不能诱惑士兵！白白付给他一大笔钱，以后你还算什么魔鬼”③。

士兵不害怕魔鬼，也不害怕死后的巫师和女妖(ведьма)。故事中，探亲或退役士兵会在返乡的途中得知，一个骇人的巫师在死后，“每晚都从坟中爬出来，在村子里游荡，制造出让最勇敢的人都恐怖的事情”，甚至“还吃人”，但无所畏惧的士兵，仍然走向埋葬巫师的墓地或在巫师出没的村庄里过夜。在见到巫师后还主动与他打招呼，“你好啊，兄弟！”④。士兵还敢替死了的女妖念圣诗，“商人(女妖的父亲)把士兵领到放置死去女妖的房间……自己走出后，将房间门锁住”⑤。

---

① Афанасьев А. Н. Народные русские сказки. Москва：Наука. 1984. Т. 2. С. 343.
② Афанасьев А. Н. Народные русские сказки. Москва：Наука. 1984. Т. 1. С. 225.
③ Афанасьев А. Н. Народные русские сказки. Москва：Наука. 1984. Т. 2. С. 363.
④ Афанасьев А. Н. Народные русские сказки. Москва：Наука. 1984. Т. 3. С. 114－119.
⑤ Афанасьев А. Н. Народные русские сказки. Москва：Наука. 1984. Т. 3. С. 135.

故事中士兵不仅不害怕魔鬼与死去的巫师女妖，而且还可以战胜他们，解救被他们缠住和折磨的人，如在《士兵解救公主》(Солдат избавляет царевну)的故事中，“魔鬼变成仆人进入宫殿，向士兵要核桃。士兵给了他一个生铁的子弹”，而士兵自己吃的却是真核桃，无法咬碎生铁弹头的魔鬼以为士兵的牙齿很坚硬。在随后玩赌弹额头的牌局中，输了的魔鬼被士兵领到事先准备好的铁人前，弹得魔鬼“两周后，头还疼得想要裂开似的”。士兵用同样的方法打得另一个魔鬼“头也不回地跑了”。结果魔鬼不得不用黄金“收买”士兵，因为它们得“从这个宫殿的士兵手中活下来”。而士兵趁此与魔鬼达成协议，使得魔鬼再也不敢来纠缠公主。

在遇到死了的巫师后，士兵会设法从他的口中打探出让死去的新婚夫妻复活的方法，以及能够真正杀死巫师的方法。在巫师要杀死士兵时，士兵与他勇敢地搏斗，并且在天亮后领着村民按照巫师说出的方法“用白杨树的柴火烧死了”巫师。士兵还敢直接与巫师搏斗，“士兵用斧子砍巫师，双手的指头全都打伤”，后来“抓住巫师的络腮胡，不断地用斧子砍他”①，直到天亮巫师死去。

士兵既能战胜魔鬼和巫师，也能够战胜人间的强盗。有时留宿士兵的小木屋主人(多为老太婆)会和强盗勾结，但是士兵总是能识破老太婆的伎俩，并制伏与之勾结的强盗。在《森林中的士兵和沙皇》(Солдат и царь в лесу)中，士兵和沙皇分别在留宿的木屋中站岗。当士兵值夜时，听到了半夜来到小木屋的强盗与屋主的谈话，提前躲在阁楼的门后，“强盗刚把头伸进门内，士兵就挥起斧子，砍下强盗的头”②。

士兵能够战胜魔鬼、巫师或强盗靠的不仅是自己的力量和智慧，上帝信仰也起到了重要的作用，例如，士兵将宫殿里所有的门和窗户锁住以后，“用东正教的十字架在它们上面画了一个十字”③，魔鬼就进不来了。士兵明确表明，从部队返家是为了“向圣像画祈祷”，这也帮助他在途中遇到巫师后得以幸免。此外，在强盗要杀死士兵前，“士兵跪在圣像前由衷地祈祷，忏悔罪孽”④，结果立刻就出现了三套车，将士兵瞬间送到家，然后就消失了。上帝对士兵的帮助表

---

① Афанасьев А. Н. Народные русские сказки. Москва：Наука. 1984. Т. 3. С. 119.
② Афанасьев А. Н. Народные русские сказки. Москва：Наука. 1984. Т. 3. С. 85.
③ Афанасьев А. Н. Народные русские сказки. Москва：Наука. 1984. Т. 1. С. 225.
④ Афанасьев А. Н. Народные русские сказки. Москва：Наука. 1984. Т. 3. С. 341.

明东正教信仰对常年在外征战的士兵的重要性，而随着故事的流传会让士兵和普通俄罗斯人民更加加深对上帝的信仰。

士兵是在《无所畏惧的人》(Бесстрашный)故事中较普遍的角色。士兵之所以不害怕，是因为“士兵是国家的人”“是为上帝和君主服务的人”，因此，“国家的人淹不死，也烧不死”①。这也表明了俄罗斯士兵对自身的定位和对能为国家效力感到光荣。

2. 灵敏机智

俄罗斯民间故事中的士兵多是聪明机智的。在很多情况下，返家的士兵都是凭借自己的聪明和才智找到途中的休息处，赚取收入、战胜对手、获得利益的。

士兵施展机智的对象之一是魔鬼。民间故事中的魔鬼并不是宗教当中恐怖的形象。虽然他也会折磨欺负人，但它是愚蠢的，是机智的士兵嘲弄、惩罚的对象，如在士兵帮助公主摆脱魔鬼的纠缠时，会让魔鬼认为自己比他强大。他会用狡猾的手段让魔鬼输牌，并且让魔鬼相信，他的弟弟“铁人”会比他手下留情。而当士兵将魔鬼骗到行囊中，“钻到我的行囊中，只要你们这么做，我就离开宫殿”，士兵却将行囊交给铁匠，“让他尽可能用力地敲打行囊”②，直到魔鬼告饶。

为了让魔鬼离开公主，士兵利用魔鬼想要学拉小提琴的心愿，骗魔鬼说可以治疗它弯曲的手指，魔鬼相信了他的话，“将双手放入壁炉里，士兵立刻抓紧它的手，用棒子打它的手”③，迫使魔鬼不能再折磨公主。

士兵的另一个嘲弄对象是地主和富农。休假的士兵受雇到地主家做工。但是吝啬的地主由于“心疼钱”不愿在士兵做工期满后付他报酬。于是士兵提议说只要地主为他服务三天就可抵偿报酬。第一天士兵就用各种方法为难地主，“拽着地主的耳朵，让地主在房间里找靴子”，找不到靴子“就用棍子打地主，直到地主把士兵的工钱还给他”。于是，士兵不仅要回了自己的报酬，还报了地主无限度使用他的仇。

如果两个士兵一起投宿在富农家，那么一个在天亮前会提前离开，另一个

---

① Афанасьев А. Н. Народные русские сказки. Москва: Наука. 1984. Т. 3. С. 115.

② Афанасьев А. Н. Народные русские сказки. Москва: Наука. 1984. Т. 1. С. 228.

③ Афанасьев А. Н. Народные русские сказки. Москва: Наука. 1984. Т. 1. С. 232.

会利用先前捡到的死人腿，使得富农说不清楚第一个士兵的下落，只好付钱给另一个士兵，并希望其保密①。

士兵的机灵还体现在他很会猜谜。故事中的士兵既可以想出让别人猜不出谜底的谜题，也可以轻易猜出他人的谜语。当沙皇面临外国国王的威胁时，"如果我（外国的国王）可以猜出你们的谜语，我就砍下我自己的头，你可以统治我的国家；反之，我就砍下你的头，得到你的国家"②"大贵族和将军却无论怎么想也想不出谜语"帮助沙皇战胜外敌。聪明的士兵这时就可以展示自己的能力，替沙皇想出谜语，"我的谜语他一辈子都猜不出来"，帮助沙皇消除了外国国王的威胁。士兵还会因为能够猜出沙皇的谜语，答出"天离地有多高？地有多宽多深？"这样的问题，得到沙皇的喜爱，而且凭借沙皇的恩惠，向三十位因为不知道谜底而被沙皇关在监狱中的富商卖出了谜底，从此"活得富有而自由"③。

士兵的猜谜能力有时会用来惩罚那些吝啬的屋主。行军的士兵有时会请求在一户人家里休息一下，请主人给些食物，如果主人说，"孩子们，我拿什么款待你们呀？我家里什么都没有呀"④，聪明的士兵马上就会明白，其实是因为主人吝啬。士兵会找到主人藏在炉子中的鸡，把它偷走。不知真相，以为骗过士兵的主人还想用谜语炫耀自己的小聪明，嘲笑一下士兵，结果却被会猜谜的士兵嘲笑了一番。对待吝啬的房主，士兵还会用计谋使房主相信，他可以用斧头熬出粥。结果村妇果真上当，不仅拿出家里的粮食，最终还损失了斧子⑤。好客是俄罗斯人民公认的重要美德。对于刻薄吝啬地对待客人的主人，理应受到惩罚。故事中体现出的也是人民对士兵行为的肯定，赞成士兵对主人的吝啬进行惩罚。

机灵的士兵还会根据投宿房主的描述，骗房主说自己可以看到房主已经死了的儿子，从房主那里骗到财物。这个故事更多的是对蠢人地嘲笑，借由士兵凸显房主的愚蠢，而不是对士兵把戏的批评。

以上这两个故事中受到士兵愚弄的并不是处在其地位之上的上层阶层，而是和士兵一样同属社会下层的农民。这里士兵地嘲笑不具有阶层的对立性，而是对人共有的负面品质地嘲笑。

---

① Афанасьев А. Н. Народные русские сказки. Москва：Наука. 1984. Т. 3. С. 296.
② Афанасьев А. Н. Народные русские сказки. Москва：Наука. 1984. Т. 2. С. 50.
③ Афанасьев А. Н. Народные русские сказки. Москва：Наука. 1984. Т. 3. С. 57.
④ Афанасьев А. Н. Народные русские сказки. Москва：Наука. 1984. Т. 3. С. 181.
⑤ Афанасьев А. Н. Народные русские сказки. Москва：Наука. 1984. Т. 3. С. 293.

士兵可以凭借聪明和计谋为自己娶到公主。跟踪魔鬼女儿的士兵发现自己也可以变身。变成小鸟后的士兵爱上了神奇的叶连娜公主。叶连娜公主许诺,“给你九个小时为限,如果我找不到你,就嫁给你”。借助变身士兵躲过了神奇公主的搜寻,使公主不得不承认“我机智,你比我还机智”①。

故事中士兵在军队中的生活并不如意。因为,士兵都是来自农民和小市民,而且处于部队中的最低军衔,“经常会被军官用棍子打”,薪水也少,“士兵哪来的钱!他所有的官饷就是一天一个半戈比铜币,而且还得买香皂、鞋油,去澡堂洗澡”②。军队内部存在严格的等级,司务长、连长、营长、团长、上校、将军都会在故事中出现,如果上级不喜欢士兵,那么士兵的处境就会很难。但士兵都以为沙皇效力感到光荣,“我为上帝和伟大的君主服役”,因此士兵服役时都是尽心尽力,发誓“永远忠诚地做事”。即使只是为国王看管花园,也会认真执行命令,勇敢地射击破坏花园的恐怖大鸟。为公主护卫时,发誓保护公主“直到最后一滴血”,并以能够“清白地退伍”为傲。而且在人民眼中,由于士兵经历过战争,会被派到不同的地方,因此,士兵是见多识广的人,是勇敢、乐观的人。故事中士兵表现出的聪明机智,勇敢无畏,积极乐观,自由意志,以及对魔鬼、贪婪吝啬的地主等人民的对立者或人的负面品质的嘲笑,让士兵成为俄罗斯人民喜爱的故事人物。

三、小偷

在俄罗斯民间故事的社会中,有一类特殊的形象——小偷。小偷在民间故事世界中有着多个含义。王子可能会成为小偷,农民的儿子会偷窃,还有将偷窃作为自己专门职业的小偷。下面我们就来看一下俄罗斯民间故事社会中的小偷形象。

小偷是以非法的方式盗取他人物品的人,应当负刑事责任。但在俄罗斯民间故事中,小偷除被认为是罪犯外,有时还具有正面的含义。小偷的正面与负面的含义取决于偷窃行为的实施者和目的,如果是负面人物,如地主从贫困的老婆婆那里偷了磨石,那么这种行为就是被君主所认为的“做坏事,应当不下令处死”的犯罪,是真正的罪犯,如果是正面的主人公,如王子和农民的儿子,实施

---

① Афанасьев А. Н. Народные русские сказки. Москва:Наука. 1984. Т. 2. С. 250.

② Афанасьев А. Н. Народные русские сказки. Москва:Наука. 1984. Т. 1. С. 224.

了偷盗行为,则就另当别论了。

在神奇故事中王子或农民的儿子,都有可能实施偷窃,成为小偷。但他们偷的是"火鸟""让人变得年轻的苹果""生命之水"等宝物,甚至是"美丽的叶连娜公主",如"小偷说自己的船上有好多奇珍异宝,眼睛都看不过来",他还游说公主"这些东西我可以给所有的人展示,谁想买都可以,而公主你不愿意看看谁都没有见过的珍宝吗? 它们在我的船上,被严格的看守着,我只给你一个人看……"①他不停地游说,直到公主同意上船来看。在公主上船后,小偷就立刻开船,从公主的家乡偷走了她。这类偷窃行为的地点都是在"另一个世界",偷盗的是只有另一个世界才有的宝物或美丽的公主。偷窃的目的是为了完成父亲的心愿或是国王的命令。普罗普认为,这种偷窃可以溯源到与人类最初世界观,即"第一个东西,第一份种子,以及艺术和手工业制品,如同崇拜,都是由英雄或是人类的恩人,从另一个世界带来的"②。

神奇故事中,主人公还会从巨人手中偷取宝物,如农民的儿子伊万在返家的途中遇到为宝物争吵的两个巨人,他就假装帮助巨人分配宝物,"拿了一把细沙,把巨人领到森林中,然后把沙子洒向四个方向'谁捡的沙子多,谁就得到这个宝物'"。伊万却趁机抓起宝物跑掉了。主人公的这一行为虽然对巨人来说是不义行为,是负面评价的小偷,但从主人公的角度,对读者来说却是勇敢机智的表现。人民不仅没有因为这个行为而对主人公产生不好的印象,相反"认为他是建立了勇士般的功绩"。这是因为,普通人从巨人手中偷取宝物的情节,是原始人用计战胜高大、强悍和凶猛对手的反映。

在日常生活故事中,不存在另一个神奇的世界。小偷偷窃的也不再是宝物。偷窃的对象多为与主人公所在阶层相对立的地主和将军。

在俄罗斯民间故事中,小偷偷窃的目的有:

1. 展示高超的技艺

展示高超偷窃技艺的小偷不以获得个人的物质利益为目的,而是利用偷窃来应对来自地主和将军的挑衅,实现对他们的愚弄。

出身贫苦农民家庭的伊万没有尽到赡养父母亲的义务,被父母告到地主那

---

① Афанасьев А. Н. Народные русские сказки. Москва:Наука. 1984. Т. 1. С. 210.

② Афанасьев А. Н. Русская сказка. Москва:Лабиринт. 2005. С. 293.

里，地主说："哪怕是用偷也要养活双亲"①。于是伊万真的开始从地主那里偷取财物来养活父母。先是偷来靴子交给父母，被地主发现后，为了验证伊万的偷盗技术，地主提议让伊万偷牛、窃取国库甚至偷来教师，如果成功会奖赏他，失败则要挨鞭子。伊万每次都非常机智地完成了任务。由于都是遵照地主的命令，小偷伊万不仅没有受到惩罚，而且由于技术出色而受到地主的奖励。地主和将军提出的其他各种很难实现的偷窃任务，如从磨坊偷走装有稻草的七十五辆马车，从马棚偷走好马等，也都被农民出身的小偷实现。

小偷高超的偷窃技术在故事中被形容为"十分谨慎和狡猾，好像可以从孵蛋的鸟身下偷走鸟蛋"②。技术高超的小偷"擅长所有需要敏捷身手的事情"③。

故事中展示的不仅是主人公灵敏和高超的偷窃技术，也展示了主人公的勇敢。因为，如果没有按照领主或将军的要求偷窃成功，面临的就是残酷的肉体惩罚。可以说这类主人公是艺高人胆大。

2. 专职偷窃

专门为了获得钱财而偷窃是真正地盗取他人财物的犯罪行为。这类小偷出身农民或仆人家庭，其中有人是被父母送去学习偷窃，"有一对老夫妻，他们有一个儿子。他们想了很久，送儿子去学什么手艺，终于想出送他去学偷窃"④。有的则是自己就想去学习偷窃，成为专职小偷，"地主有一位忠诚的老仆人，一个人管着整个家；但他的儿子却不像他爹，从小就学会了偷窃"⑤。

但即使是以偷取他人财物为目的，小偷也只会偷富有的上层阶层，不会偷下层的农民，如小偷认为"寡妇是穷人，她的一切得来都不易；还是去偷富有的将军比较好"。相比较神甫，小偷决定偷富有的法官，因为"法官的钱来得很容易"，而且小偷偷窃富有的上层阶层时，不会手下留情，"席卷了粮仓，拿走了所有的好东西"⑥。

专职小偷的技艺和上类小偷的技艺一样出色。学徒的小偷很快就会超过师父，如在师父还在偷野鸭子蛋时，徒弟已经将所有的蛋都从鸭窝里拉了出来，

---

① Афанасьев А. Н. Народные русские сказки. Москва：Наука. 1984. Т. 3. С. 163.
② Афанасьев А. Н. Народные русские сказки. Москва：Наука. 1984. Т. 3. С. 166.
③ Афанасьев А. Н. Народные русские сказки. Москва：Наука. 1984. Т. 3. С. 167.
④ Афанасьев А. Н. Народные русские сказки. Москва：Наука. 1984. Т. 3. С. 165.
⑤ Афанасьев А. Н. Народные русские сказки. Москва：Наука. 1984. Т. 3. С. 170.
⑥ Афанасьев А. Н. Народные русские сказки. Москва：Наука. 1984. Т. 3. С. 169.

而且十分灵巧，鸭子连羽毛都未抖一下。他不仅偷出了鸭蛋，还顺道割下师父靴子的鞋掌，以至于师父对他说："我已经没什么可以教你的了，你已经是位高手了"①。

只偷窃富有的上层阶层，而不偷取农民等普通人民财物的小偷，不仅没有得到惩罚和人民的批评，相反却得到了人民地赞许。这样出身于社会下层又只"劫富"的小偷在俄罗斯人民眼中不是罪犯，而是勇敢、机智、灵敏和自由意志的表达。更重要的是，小偷的偷窃行为实现了社会财富的公平分配，是普通人民反抗上层阶层的特殊手段。小偷愚弄了愚蠢、邪恶、欺压人民的上层阶层，反映了人民呼唤社会公平的心声和愿望。

通过对俄罗斯民间故事中各个社会阶层的描述，可以了解到，俄罗斯民间故事中的社会是由上层阶层和下层阶层构成的封建等级社会。上层阶层主要包括君主、贵族和商人等。下层阶层主要包括农民和士兵。两大阶层所包括的具体社会等级涵盖了现实俄罗斯社会的所有等级。上层阶层与下层阶层的重要区别在于权力。处在社会下端的是几乎没有任何权力的农民。因为没有权力，下层阶层只能尊重和服从上层阶层。下层阶层对上层阶层的尊敬从农民将地主尊称为"老爷"，士兵只能委屈地忍受军官的欺侮中体现出来。虽然上层阶层整体从地位上都高于下层阶层，但其内部也存在着权力地位的差异，如将军、大公等都应服从沙皇，但贵族的地位又高于地主和商人等。因此，故事中的将军才不能接受让商人的女儿成为皇后，商人却以将女儿嫁给贵族和王子，提升社会地位作为荣耀。可见，在俄罗斯民间故事社会中有着明显的阶层权利和阶层行为规范的差异。

第三节　阶层间的相互关系

由于受到封建君主专制制度和封建经济关系的影响，俄罗斯民间故事中的两大社会阶层间存在着巨大的权力差异，这使得矛盾与对立成为阶层间最为主要的关系。这两大阶层间也有着严格的界限，但这并不意味着故事中的人物永远不可能改变阶层属性。因此，阶层间的流动和故事人物社会身份地转变也是

① Афанасьев А. Н. Народные русские сказки. Москва：Наука. 1984. Т. 3. С. 174.

阶层相互关系的内容之一。

一、对立冲突

俄罗斯民间故事中阶层之间的矛盾与对立反映在以下几对关系中：

1. 雇主与受雇者

封建经济关系，封建专制制度与农奴制使得处在社会底层的劳动者从属于或受雇于上层阶层。贵族、地主和商人都是农民的主人。但贵族拥有农奴，其他的等级只能雇佣劳动者。不论是哪一种情况，地主或雇主的压榨、对劳动者的剥削使得雇主与劳动者之间只能是对立的关系。故事中的雇主与受雇者的关系与现实相一致。雇工与商人，农夫与地主的故事之间的斗智斗勇就是这组社会关系的鲜明表达。但与现实不同的是，劳动者永远是冲突的胜利者，而且对主人的惩罚不仅是嘲弄，有时甚至会杀死他们，或让他们破产。

2. 上级与下级

上级与下级的关系多体现在有官职的人物之间，如军人、僧侣等。上级对下级可以为所欲为，如排长向士兵借钱不还，反而用鞭子抽打士兵；将军不能容忍比自己地位低的士兵得到沙皇或王子的喜爱，嫉妒他们能够提升，或是获得幸福，于是想尽办法陷害士兵。即使是属于同一阶层，地位的不同也会导致阶层内部的权力阶梯差异。故事世界处在高位的人总是利用手中的权力欺压下级，因此，两者之间的关系只能是对立的。

3. 穷人与富人

穷与富的经济差异不只存在于阶层之间，也存在于阶层内部。贵族与农民，富农与贫农的财富差异就是社会不公平现象的直接表现。

4. 婚姻中的阶层矛盾

婚姻双方产生矛盾的原因之一就是双方的社会阶层属性不同，如果属于下层的农民娶到或将要娶到公主，那么他会受到公主的父亲——沙皇的反对和处罚，因为这样做“一定会带来嘲笑和耻辱”①，如得知完成自己的任务并按照约定将要娶公主的人是农夫时，沙皇就会给未来的女婿再出各种难题，想尽办法

---

① Афанасьев А. Н. Народные русские сказки. Москва：Наука. 1984. Т. 2. С. 218.

阻止这桩婚姻。沙皇会因为不满自己的女儿要嫁给农夫的儿子,派人将公主和农夫的儿子一起装进带有铁环的酒桶中,扔到大海里,如果沙皇有多个女婿,那么他会喜欢其他两个"聪明的贵族女婿",而且有事情时也会找他们商议,如果农民女婿也要帮忙,就会被沙皇瞧不起,只会留给他"差的"马匹和武器。

出身下层的丈夫有时会被自己的公主妻子看不起,骗走他的宝物而离开他,给他带来伤害。"新婚夫妻生活的一段时间后,公主非常不满意自己嫁了一个普通的农夫,因为丈夫每天都在建新的宫殿和花园,于是她就开始想,如何把他赶走"①;"公主觉得和这样一个农夫生活在一起很无聊,于是吩咐士兵把丈夫带到森林中杀死"②;对丈夫出身的不满会成为公主不忠的原因,因为公主认为她应当找到身份般配的王子作为自己的丈夫。在现实的封建俄罗斯社会中,公主一定要嫁给王子。否则,就会一辈子不嫁或进修道院。可见,社会阶层的般配对王室的婚姻多么重要。

出身下层的未婚妻也被认为与出身上层的丈夫是不般配的,如沙皇想娶商人的女儿,但是将军就认为,"难道以后我们的妻子都要向商人婆鞠躬吗"③。但是嫁到上层的农夫或商人的女儿仍能获得婚姻幸福。但出身下层的丈夫却会受到妻子的加害。这与父权宗法社会,孩子的出身跟随父亲的制度相关,如果农民的儿子娶了公主,那么会改变皇室的血脉。从这方面看,故事中的婚姻更看重丈夫的出身。因此,出生下层的丈夫会受到妻子和岳父的刁难。

二、社会地位的转换

在传统的俄罗斯社会,人出身时就决定了他的阶层归属和社会身份。在故事中人物的名字就为其打上了身份的标签,如伊万王子,士兵的儿子伊万,农民的儿子伊万,商人的女儿等。但这并不表示,人物所在的社会阶层是一成不变的。人物有时可以通过某种途径改变自己的阶层属性。

首先想要改变阶层属性的是处在社会下层的人民。他们常会想要改变自己的生活现状。因为生活贫穷,他们最希望自己变得富有,有面包吃,有新木屋住。致富梦实现后,他们还想要提升自身的社会地位。因为,"老爷们"会让人

---

① Афанасьев А. Н. Народные русские сказки. Москва:Наука. 1984. Т. 2. С. 48.
② Афанасьев А. Н. Народные русские сказки. Москва:Наука. 1984. Т. 2. С. 54.
③ Афанасьев А. Н. Народные русские сказки. Москва:Наука. 1984. Т. 3. С. 74.

民“听命于他们,见面时要向他们弯腰鞠躬”。重要的是,手中握有权力的人,即使在权利层的底端,如马夫长,都会对其手下的人颐指气使,如“马夫长不止一次地殴打马夫”①。下层人民不被尊重,连生命也被忽视。当假冒的商人女儿告诉卫兵她的女仆消失在大海里时,卫兵却说,“我们只需要你(沙皇的未婚妻)活着,我们根本不需要那个女农民”,而出生上层的人,如王子,即使流落他乡,被人得知“不一般的出身后,就立刻将其封为省长”②。因此,“即使生活富有,但如果人们不尊重我们,那么还有什么意思”③。可见,财富不等于能获得高的社会地位,只有处在上层社会,才能拥有特权。因此,富有的商人才会向未婚的沙皇极力推荐女儿,“我有一个好女儿。她很聪明,人们想什么她都知道”④,希望通过女儿的婚姻来提升家庭的社会地位。

俄罗斯民间故事中的普通人,如农民、士兵,提升社会地位的方式有:

1. 借助神奇的助手或宝物

借助神奇的助手或宝物是处在社会下层的人民提升社会地位比较有效而快速的方式,例如,射击兵借助宝马的帮助,杀死了原来的坏沙皇,自己则“被选为新沙皇”⑤。

农民的儿子会借助从死去的父亲那里得到宝马或神奇宝物,完成沙皇提出的各种任务,娶到公主,成为沙皇的女婿,即未来的沙皇。或是农夫的儿子在吃掉神奇的鸭子后,按照鸭子的预言,兄弟俩都成为沙皇。

神奇的母鸡会给贫困的农民带来财富,“让他成为商人,有了自己的店铺”⑥,改变了阶层属性。

神奇的金鱼也会满足人要不断提升社会地位的要求,“我不想再做农妇,我想做军政长官的老婆”“不想只当军政长官的老婆,我要做皇后”。

在宝物和神奇的助手之外,东正教信仰也可以帮助下层人民改变阶层属性。“握着蜡烛走进教堂的人,如果他手中的蜡烛能够自己点燃,那么,他就是

① Афанасьев А. Н. Народные русские сказки. Москва: Наука. 1984. Т. 1. С. 113.
② Афанасьев А. Н. Народные русские сказки. Москва: Наука. 1984. Т. 1. С. 133.
③ Афанасьев А. Н. Народные русские сказки. Москва: Наука. 1984. Т. 1. С. 71.
④ Афанасьев А. Н. Народные русские сказки. Москва: Наука. 1984. Т. 2. С. 110.
⑤ Афанасьев А. Н. Народные русские сказки. Москва: Наука. 1984. Т. 2. С. 145.
⑥ Афанасьев А. Н. Народные русские сказки. Москва: Наука. 1984. Т. 2. С. 67.

沙皇”①。

2. 凭借自身的能力

鞋匠在王子遭到自己哥哥的加害被留在“地下世界”后，王子收留了他并让他做学徒，多次和王子一起经历了“各种惊险”。因此，在王子回到自己的国家后，“将鞋匠提升为将军”。

对待为沙皇解决问题的人，沙皇会以官职作为奖励，如沙皇会奖励挽救女儿生命的人，会提升他的官职，“沙皇让他（运水工）做了上校”②。

士兵帮助沙皇想出了让外国国王“一辈子都猜不出”的谜语，战胜了外国国王。因此，沙皇提拔他做了上校，还赏赐了他一大笔钱。

士兵“忠诚地为君主服务，而且很幸运，几年后他就当上了将军”③。

士兵为在森林中迷路的沙皇指路，并在值夜时杀死了强盗，保护了沙皇。沙皇返回宫殿后，“赐予士兵将军的官衔”④。

但获得官衔，新的社会地位被承认之后，有的人会忘记自己的出身，甚至连自己的农民弟弟都不肯相认。“士兵认出将军是自己的哥哥，但又能怎样！将军完全拒绝与他相认，‘我不认识你，而你也不认识我！’”⑤。这样的“忘本”是故事所反对和批评的，做出此事的人物最终都会受到惩罚，“沙皇将士兵的哥哥（将军）降为士兵：以后不要再不承认自己的出身和亲人”⑥。这也表明，即使社会地位得到提高，但也不能忘记原有的社会阶层，背叛人民的人就如同负面的社会上层人物，一定会受到人民的批判。

3. 通过缔结跨阶层的婚姻改变社会地位

婚姻是故事社会中人们改变社会地位较为常见的方式。故事中，农民的儿子或士兵就是通过与公主缔结婚姻而进入社会上层，并最终成为最高统治者。可怜的孤女也会嫁给年轻英俊的领主或沙皇，摆脱悲惨的生活环境。商人的女儿会嫁给王子，成为王妃，在原有阶层的基础上提升了社会地位。

农民的儿子，孤女等这样处在社会底层的人物能够娶到公主或嫁给王子是

---

① Афанасьев А. Н. Народные русские сказки. Москва: Наука. 1984. Т. 1. С. 123.
② Афанасьев А. Н. Народные русские сказки. Москва: Наука. 1984. Т. 1. С. 242.
③ Афанасьев А. Н. Народные русские сказки. Москва: Наука. 1984. Т. 3. С. 84.
④ Афанасьев А. Н. Народные русские сказки. Москва: Наука. 1984. Т. 3. С. 86.
⑤ Афанасьев А. Н. Народные русские сказки. Москва: Наука. 1984. Т. 3. С. 84.
⑥ Афанасьев А. Н. Народные русские сказки. Москва: Наука. 1984. Т. 3. С. 86.

人民美好愿望的表达,是冲破阶层的限制和差别缔结婚姻理想的反映,也是实现真正社会公平的呼声。

故事世界中社会地位的改变不只是自下而上的,如农民可以变成沙皇,士兵可以成为将军。社会上层的人物,如果他们犯错,或受到陷害,作为惩罚或陷害的后果,也会改变或降低社会等级,如商人们嫉妒继承父业的商人儿子生意做得好,赚得比他们多,就联名上书沙皇,诬陷他荒淫无度。结果商人的儿子就被充军,变为士兵;王子打不过强悍的妻子,被派去放猪;违背沙皇命令的王子被父亲赶出家门,在别的国家成为马夫等。

在现实的俄罗斯封建社会,转变社会身份是十分困难的一件事情。虽然社会中有人员的阶层流动,但是出身下层的农民是很难获得实现的机会的。即使可以改变社会身份,也只是由农民变成了仍然处在下层的商贩,而不是属于登记在册的商人阶层。出身农民的士兵只有在战场上建立特殊功勋,被提升为军官,才有机会进入贵族阶层。但是能够达到的人是凤毛麟角。因此,俄罗斯民故事中跨阶层的社会身份转变,尤其是由下层出身的农民变为沙皇,反映的是俄罗斯下层人民改变生活现状和实现社会公平的愿望。

从故事对立的阶层关系中可以看出俄罗斯人民对社会不公的理解。面对社会不公,故事中的下层人民会进行反抗,而他们对这种不公的反抗结果往往是通过故事社会中下层阶层在对立冲突中赢得胜利来实现的。下层阶层的胜利主要表现为对上层阶层的愚弄和无情的惩罚。故事世界里,农夫可以从自认为聪明的地主手中骗走猪和马车;农夫可以机智的用柴火骗过贪婪的地主,让其以为柴火是薪酬,成功地完成了祈祷;长工可以说服主人相信自己生了一头牛,从主人那里得到可观的"保密费";长工还利用自己的力量,吓得主人弃家逃跑;农民会将地主打个半死等。

故事中社会底层的人战胜上层阶层的结果是在现实的封建社会劳动人民所无法实现的。故事中的如此结局,正是人民追求社会公正和改变现有社会秩序理想的表达。

但是应当指出,社会底层人民的反抗更多地表现为对上层阶层的复仇、惩罚和愚弄,以及选择品质高尚的受压迫的下层人民做将军和贵族,并没有明确地表示出要推翻整个专制制度的意愿,而且故事中沙皇的"双面"形象也表明,虽然随着旧的封建专制制度的没落,人民反抗意识的觉醒,上层阶层及君主逐渐失去了在人民心目中对其唯命是从的神圣色彩。但是,人民期盼的仍是由正确的、真正受人尊敬的人来统治国家。盼望“人民的好沙皇”进行君主专制,希望能由聪明、正直,能够真正为沙皇分担内外忧患的人来辅佐沙皇,将优秀的农民晋升为贵族等思想都表明了俄罗斯人民将维护社会公平、正义,为人民造福的理想寄托在好的君主和称职的官员身上,要改变的只是担任具体职位的人选,而并不是推翻封建君主专制制度。

第四节 社会世界图景的价值取向

在分析俄罗斯民间故事中各个阶层形象和相互关系的基础上,在我们面前呈现出故事中的社会世界图景。该图景反映了俄罗斯传统社会中人民的社会价值取向。

1. 将沙皇理想化

在故事世界中,人民尊重沙皇,爱戴沙皇。在下层人们眼中,沙皇拥有至高无上的权力,沙皇的权威神圣不可侵犯。但同时,人们认为沙皇怀有对人民的爱,愿意亲近人民。沙皇行事奖惩分明,能够按照人的聪明才智决定人的社会等级,做到维护社会公平。沙皇之所以能够在故事世界中得到人民的信任与爱戴,与现实的俄罗斯君主专制社会所宣扬的“君权神授”“君主的意识便是上帝的意志”在民间意识中的深入密切相关。在人民眼中,沙皇是真理的代表,是基督在人间的代表,是人民的救世主①。此外,沙皇将自己同民众的关系界定为“家长同家庭成员”之间的关系。他能够像父亲一样惩戒罪恶,奖赏忠良。沙皇是真理的代表,是国家的大家长的思想根植于人民的意识之中,使人民对沙皇的信仰与对上帝的信仰,和对父母的爱紧密地联系在一起。对沙皇的这些神圣认识渗透到俄罗斯民族中,尤其是下层人民的思想中,根深蒂固,甚至到了20世纪初,人民仍然坚信沙皇是上帝意志的执行者,是人民利益的保护者,沙皇权威不可侵犯,致使发动人民通过革命来推翻君主专制运动的民粹派却受到了来自人民自身的反对。

故事社会中并不是所有的沙皇都是人民的救世主,能够仁慈地对待人民。

---

① 郭小丽:《俄罗斯的弥赛亚意识》,人民出版社,2009,第247-248页。

故事社会中也存在愚蠢、残忍的坏沙皇。按照故事的道德评价，加害主人公的人物都会受到惩罚，沙皇也不例外。但在坏沙皇受到严惩之后，人民并没有选择其他的国家制度，而是推选出一位新的，来自民间的“真正”的好沙皇。在传统的俄罗斯社会，“坏沙皇”被民众看作是违背真理和基督的，不是真正的沙皇。真正能拯救人民，“所做的一切都是有利于人民的沙皇”①存在于民间。俄罗斯历史中著名的农民起义领袖普加乔夫就是利用“真正沙皇”的名号得到人民支持的。这种民间意识反映在故事中，即出身下层的农民、士兵或射击手最终成为沙皇。

俄罗斯人民对沙皇的理想化还体现在，故事中的沙皇拥有平民化的一面。故事中沙皇会和普通百姓一样操心细小的事情，如直接命令女仆去买狗鱼，也会干普通农夫干的事情，如喂猪。仆人会抛开所有的礼节规定直接向沙皇提出请求，“沙皇，伟大的君主，请你自己去摇儿子入睡吧”②。从情感上来说，伟大的沙皇也和普通农夫一样，会为事情烦恼哭泣，“沙皇摊开双手，痛苦地哭了起来：‘我怎么能不哭呢！我把自己的孩子给了熊沙皇’”③。平民化的沙皇让人们觉得沙皇离人民很近，感觉亲近。

“将沙皇理想化和对好沙皇的期盼，使得俄罗斯人民并不想推翻现有的压迫人民的封建沙皇制度，自己成为管理国家的主人”④。故事世界中人民的这种思想反映了现实的俄罗斯人民对于国家政权的消极态度。关于人民对待国家政权的态度，别尔嘉耶夫（Н. Бердяев）认为，“俄罗斯人民似乎想要的不是自由的国家，而是不去管理国家，不用操心人间制度的自由”“他（俄罗斯人民）的本性是在国家事务中表现的消极，顺从的女性特征”。俄罗斯人民对待国家政权的消极特征是“俄罗斯民族和俄罗斯历史的典型特征”⑤。

2. 相信命运

在故事世界里，自身所处阶层及后来阶层的变化，贫富的差距及相反的转变被认为是命运安排的。命运是人们幸福的掌管者，负责给人带来运气和成

---

① Тихомиров Л. А. Монархическая государственность. СПб.：Комплект. 1992. С. 247 –254.

② Афанасьев А. Н. Народные русские сказки. Москва：Наука. 1984. Т. 1. С. 244.

③ Афанасьев А. Н. Народные русские сказки. Москва：Наука. 1984. Т. 2. С. 90.

④ 徐佩、陈占群：《俄罗斯民间故事中的社会阶层研究》，《西伯利亚研究》2016 年第 2 期。

⑤ Бердяев Н. Судьба России：Сочинения. Москва：Эксмо – Пресс. 2000. С. 275.

功。根据民间认识，“人的命运是从人到这个世界开始就先天注定的”①。“命运在人出生时由母亲召唤而来，或由上帝、天使赐予”②。相信“我们的命运是上帝的意志”的人们将命运看作是不可改变的。故事中命中注定的沙皇即是命运不可抗的例证。在俄罗斯民间故事中，谁成为沙皇是命中注定的，如兄弟俩在树干上读到文字“谁往右边去，谁就可以成为沙皇”，或是“吃掉神奇的鸭子会成为沙皇”，又或是“谁带着蜡烛走进教堂，蜡烛能自己点燃”③，这个人就会成为沙皇。谁能有资格实现预言也是命中注定的，如神奇的鸭子本是母亲为她的情人准备的，但却被孩子无意间吃掉。可见，在故事世界中，成为沙皇的命运是不可抗拒的。好的命运不抗拒，不好的命运也不会被改变。富人马尔科偷听到天使的对话，得知自己的财产会被贫穷的农民儿子占有后，用尽办法阻止该命运的降临，但最终却以失败告终，这个故事就印证了命运的不可改变性。

在故事社会中，人是不能改变自己既定命运的想法使人安于命运的安排。“你怎么想，上帝创造的世界多么大！世上生活着富人与穷人，他们所有人都拥有宽敞的空间，都是由上帝救济和评判所有人。所以，如果生活得富裕——就要庆祝；如果生活得不幸——就去劳动。要知道，每个人都有自己的命运”④；“上帝赋予我什么福气，我就会利用什么福气”⑤，如果身上发生了不幸的事，人们也会认为是命运的安排，“上帝送来所用的东西，上帝知道，应当给谁什么：有的人给他钱，有的则拿走他拥有的钱”⑥；“我曾有过幸福，但是上帝没有让我掌控住”⑦。这都表明，俄罗斯人民相信命运，他们认为在世上的得失是由上帝注定好的，是不可抗拒的。

但同时在《两种命运》（Две доли）故事中，穷兄弟能够积极地唤醒自己的“命运”，让命运为其指出致富之路。这反映出人对自身命运在一定程度的可控性。

应当强调的是，可以发挥自身能动性，让命运给自己带来财富的是善良的下层穷人，“善良的人每天耕地，你（命运）却睡个不停”，命运被唤醒后都会给

---

① Соколов Ю. М. Русский фольклор. Москва：Изд – во московского ун – та. 2007. С. 423.

② Мадлевская Е. Русская мифология. Энциклопедия. Москва：Эксмо. 2007. С. 398.

③ Афанасьев А. Н. Народные русские сказки. Москва：Наука. 1984. Т. 3. С. 26.

④ Афанасьев А. Н. Народные русские сказки. Москва：Наука. 1984. Т. 2. С. 420.

⑤ Афанасьев А. Н. Народные русские сказки. Москва：Наука. 1984. Т. 2. С. 406.

⑥ Афанасьев А. Н. Народные русские сказки. Москва：Наука. 1984. Т. 2. С. 420.

⑦ Афанасьев А. Н. Народные русские сказки. Москва：Наука. 1984. Т. 2. С. 217.

穷人带来财富。

可见，在俄罗斯民间故事的社会中，人民在安于命运安排的同时，希望能够改变命运，即在消极地对待自身情况的同时，也包含有积极的一面。但命运是否能够改变取决于人的自身道德品质。

3. 追求社会公平

在故事世界，人民虽然相信沙皇的统治，但对沙皇周围担任高官，享有极高社会地位的其他上层阶层表示不满。人民认为，他们不仅没有尽到辅佐沙皇管理国家事务的义务，反而只知道嫉妒争宠，向皇上献媚，怂恿沙皇做出有损于人民的事情。而与人民生活贴近的地方法官、地主等在人民面前则暴露出了更多的负面品质，如贪婪、吝啬、虚伪、善妒、愚蠢、好色、残忍、受贿、不公。

与此相反，处在下层的人民却具有上层阶层所不具备的高尚品质：善良、勇敢、真诚、机智、灵敏、坚韧，如农民的儿子“会帮助穷人，善待乞丐，给他们吃喝”①“士兵的儿子认字认得很快，大大超过了大贵族和商人的孩子——没有人能比他们读得好，写得好，问题回答得好”；穷人可以凭良心待人，会真诚地把致富的原因告诉吝啬的富兄弟；机智的猜谜人都是小工商人业者、农夫和士兵。可见，地位的高低和财富的多寡并不代表人品质的优劣。

但品质恶劣的人却拥有权利和很高的社会地位，品质优秀的人还要处在社会的底层，为他们效力。这样的不公自然引起了人民的不满。因此，追求社会公平，要求按照人的品质和能力合理划分社会阶层成为了人民的心声。为实现社会公平，下层人们能够勇于反抗，借助神奇的宝物，更多的是凭借自身的聪明和能力，甚至是偷窃，无情地嘲笑、报复、战胜压迫人民的上层阶层。下层人民凭借自己的智慧和勇敢对上层人物及其家人的负面品质进行的无情嘲弄、讽刺会引发人民的笑声，是下层人民表达对上层阶层不满，反抗社会不公的有效方式。而对上层人物严厉无情的惩罚和报复，则更清楚地反映出阶层间不可调和的矛盾，以及人民希望声张正义的心声。

但与人民期盼好沙皇出现一样，人民对社会公平的追求也局限于改变具体掌握权利的人，如让卖豆子的机灵小商人与愚蠢的大贵族调换社会阶层，或是只是对社会上层阶层人物进行嘲笑、愚弄和报复，之后仍然停留在自己所在的

---

① Афанасьев А. Н. Народные русские сказки. Москва：Наука. 1984. Т. 2. С. 444.

社会下层,快乐、平静、富有地过日子。没有看到封建经济和政治制度是下层人民受苦受压迫的根源,而只是将对社会的不满归罪于国家的官员和日常生活接触的地主与法官等,导致了人民追求社会公平的保守性和局限性。

结　语

民间故事是民间生活的百科全书,创作者即人民集体记录的民间故事是对世界与自我的认知。民间故事具有鲜明的情感道德评价色彩,在塑造故事人物的过程中,通过对其所处的家庭身份与社会身份进行描绘评价,从而展现根植在民间意识中对家庭关系、社会阶层关系的理解与评判标准,反映出民族传统的关于人与人关系的界定。

民间故事是带有独特民族印记的民间口头叙事作品。民族的生活方式、经济制度、社会习俗以人民集体熟悉的叙事语言记录下来。通过分析民间故事中人物的行为与动机,可以了解该民族的世界图景。世界图景是对世界及其人自身的认识总和,是人的认知领域,以客观载体的方式得以呈现。民间故事中的世界图景是以民间故事为文本的世界图景,具有集体性、民族性、评价性与传承性。借助民间故事文本可以了解掌握俄罗斯民族的民间文学世界图景,一窥俄罗斯民族心智的特性。

本书在构建俄罗斯民间故事中的世界图景时是从构建故事中的家庭图景和社会图景入手的。家庭和社会由人与人的相互关系构成。人在家庭和社会中的行为表现及与他人的关系构成俄罗斯民间故事描绘的主要内容。通过对人在家庭、社会中关系与形象的分析,以及对人民价值取向的描绘,反映了在民间故事中的俄罗斯人对家庭和社会的认识。

家庭对于俄罗斯民间故事中的人物来说具有重要意义。人物行为的主要目的往往就是缔结婚姻、建立家庭。在建立自己的家庭之前,故事中的人物会和父母生活在一起,组成以等级制为家庭内部成员关系基础的宗法家庭。尊顺家长、男尊女卑、长幼有序是俄罗斯民间故事中家庭成员必须遵守的行为规范。父母拥有对孩子的至高权力,可以决定孩子的命运,孩子必须尊重父母的权力,要无条件服从父母的意志，尽到赡养父母的义务。对于不顺从父母意志的孩子，父母有权采用暴力手段对其进行惩罚。在夫妻关系中强调男尊女卑——夫权至上，妻子必须服从丈夫的意志，忠于丈夫。男尊女卑的关系扩展到未婚夫与未婚妻之间，通常表现为聪明强势的未婚妻被未婚夫驯服，温顺、忍耐、善于家务的未婚女性才是男权社会中理想的未婚妻。在兄弟姐妹中，也强调男尊女卑，主要体现在兄长拥有对妹妹婚姻的决定权和教育权。兄弟之间遵守长幼有序原则，兄长是父亲之后拥有最高权力的男性。父母不在的情况下，弟弟应当顺从兄长。在亲属关系中，由于建立婚姻是故事人物的主要目的，因此，伴侣的地位对于故事中的人物来说要高于其他亲属的地位，甚至血缘亲属地位。

民间故事家庭奉行的宗法等级制度得到了广大俄罗斯传统社会人民的支持。这从故事人物的形象和结局即可看出。父母对子女的惩罚被认为是合情合理，不是父母对子女的故意伤害。遵从父命、完成父亲心愿、解救母亲的男主人公都是正面的形象，由于他对父命的遵从，后来才会遇到美丽的公主，得到神奇助手的帮助。故事中理想的妻子或未婚妻通常都是美丽、温顺、忍耐、勤劳、擅长做家务，并且忠贞的。不尊重夫权的妻子都是恶妻，她们最终不是被驯服，就是被惩罚。弟弟应当尊重有能力的兄长的意志，否则会遇到磨难。以上这些家庭成员的形象描述和对其行为规范的评价都是从宗法男权的角度出发的。在此基础上，人民站在家庭地位低——被家庭地位高的亲属伤害的一方，以婚姻或提高其社会地位的方式补偿他们受到的不公待遇，反映了传统俄罗斯人民对处于家庭和社会底层人民的理想化和实现社会公平的心愿。

综上，遵守宗法等级制；维护家庭弱势成员；伴侣关系重于其他的亲属关系构成了俄罗斯民间故事中的家庭世界图景。

俄罗斯民间故事中的社会包括多个社会阶层，阶层之间存在严格的权利与义务的差异。位于社会地位最高的是沙皇，人民对沙皇统治的态度受到宗法家长制的影响，将沙皇看作是国家的大家长，认为他能够像父亲一样惩戒罪恶、奖赏忠良。人民对家长的服从也导致对沙皇的绝对服从。此外，在人民眼中，沙皇是真理的代表，是基督在人间的代表，是人民的救世主。即使沙皇统治透露出不好的一面，人民也只是会盼望好沙皇的出现。因此，在俄罗斯故事社会中存在着对沙皇的盲目崇拜。俄罗斯民间故事社会中的人民相信自身所处阶层及后来阶层的变化、贫富的差距及后来的转变是由命运决定的，“命中注定的沙皇和富人马尔科都改变不了命运的安排”,这一想法使人民安于命运的安排,接受自身所在的社会阶层和经济状况。但同时,人们也认为“命运”是可以被讨好和唤醒的,这样的想法让故事中的人民对改变现状表现出了积极的态度。这种积极的态度延伸到社会秩序中,表现为下层人民追求社会公平。社会下层人民追求公平的主要手段是对上层阶层进行愚弄、嘲笑和无情的惩罚,以及由真正有能力、聪慧的、出身下层的人进入社会上层阶层。从对沙皇的盲目崇拜,对命运的相信,以及到对社会上层的嘲笑和社会身份的转换,反映出社会下层人民没有意识到封建社会制度才是社会不平等的源头,体现出传统的俄罗斯人民对社会公平追求的消极性和局限性。

对俄罗斯民间故事中的家庭世界图景与社会世界图景的构建有助于我们了解俄罗斯传统的价值取向和民族心态,也有助于更全面认识俄罗斯社会与俄罗斯民族。

参考文献

[1] 泰勒. 原始文化 神话、哲学、宗教、语言、艺术和习俗发展之研究[M]. 连树声,译. 桂林:广西师范大学出版社,2005.

[2] 陈志尚. 人学原理[M]. 北京:北京出版社,2005.

[3] 邓迪斯. 世界民俗学[M]. 陈建宪,彭海斌,译. 上海:上海文艺出版社,1990.

[4] 段宝林. 中国民间文学概要:第5版[M]. 北京:北京大学出版社,2002.

[5] 董晓萍. 跨文化民间文艺学[M]. 北京:中国大百科全书出版社,2016.

[6] 恩格斯. 恩格斯家庭、私有制和国家的起源[M]. 中共中央马克思恩格斯列宁斯大林著作编译局,译. 北京:人民出版社,1972.

[7] 弗雷泽. 金枝(两卷本)[M]. 徐育新,张泽石,汪新基,译. 北京:新世界出版社,2006.

[8] 郭小丽. 俄罗斯的弥赛亚意识[M]. 北京:人民出版社,2009.

[9] 海德格尔. 人,诗意地安居[M]. 郜元宝,译. 桂林:广西师范大学出版社,2000.

[10] 斯特劳斯. 野性的思维[M]. 李幼蒸,译. 北京:中国人民大学出版社,2006.

[11] 布留尔. 原始思维[M]. 丁由,译. 北京:商务印书馆,1985.

[12] 李福清. 中国神话故事论集[M]. 北京:中国民间文艺出版社,1988.

[13] 李英男,戴桂菊. 俄罗斯历史之路:千年回眸中俄对照[M]. 北京:外语教学与研究出版社,2002.

[14] 李惠芳. 中国民间文学[M]. 修订版. 武汉:武汉大学出版社,1999.

[15] 刘魁立. 刘魁立民俗学论集[M]. 上海:上海文艺出版社,1998.

[16] 刘守华. 中国民间童话概说[M]. 成都:四川民族出版社,1985.

[17] 刘守华. 中国民间故事类型研究[M]. 武汉:华中师范大学出版社,2002.

[18] 刘守华. 故事学纲要[M]. 武汉:华中师范大学出版社,2006.

[19] 刘亚丁. 中俄民间故事比较二题[J]. 外国文学研究,1992(4):91-96.

[20] 刘娟. 走进俄罗斯民间童话[J]. 中国俄语教学,2006,25(1):44-47.

[21] 罗国杰. 伦理学[M]. 北京:人民出版社,1989.

[22] 罗素. 西方哲学史:上[M]. 何兆斌,李约瑟,译. 北京:商务印书馆,2017.

[23] 梅列金斯基. 神话的诗学[M]. 魏庆征,译. 北京:商务印书馆,1990.

[24] 普罗普. 神奇故事的历史根源[M]. 贾放,译. 北京:中华书局,2006.

[25] 彭文钊. 俄语语言世界图景的文化释义性研究:理论与方法[D]. 哈尔滨:黑龙江大学,2002.

[26] 汤普森. 世界民间故事分类学. 郑海,等,译. 上海:上海文艺出版社,1991.

[27] 隋然. 语言认知理论研究中的概念现象问题[J]. 外语学刊,2004(4):6-10.

[28] 王苏. 试析传统家庭伦理的内容及其特征[J]. 前沿,2008(5):165-169.

[29] 维特根斯坦. 逻辑哲学论[M]. 郭英,译. 北京:商务印书馆,1998.

[30] 徐佩. 俄罗斯民间故事中的父母观念研究[J]. 西伯利亚研究,2010(3):45-48.

[31] 徐佩,陈占群. 俄罗斯民间故事中的社会阶层研究[J]. 西伯利亚研究,2016(2):63-66.

[32] 徐佩,常颖. 基于民间故事文本的俄罗斯家庭观念研究[J]. 外语学刊,2017(5):117-122.

[33] 徐佩,常颖. 中俄民间故事中的家庭伦理观对大学生的情感教育研究[J]. 林区教学,2018(5):51-53.

[34] 徐佩,杨蕊. 基于民间文学文本的俄汉语言世界图景比较研究[J]. 边疆经济与文化,2018(5):79-83.

[35] 杨可. 俄罗斯民间童话与俄罗斯民族个性[J]. 中国俄语教学,2002,21(4):16-21.

[36] 杨可. 俄罗斯民间童话的文化心理探析[J]. 湖南师范大学社会科学学

报,1997,26(2):79－84.

[37] 杨可. 再论俄罗斯民间“魔幻童话”的结构及其语言特色[J]. 湖南师范大学社会科学学报,1996,25(6):115－118.

[38] 杨善华. 家庭社会学[M]. 北京:高等教育出版社,2006.

[39] 章人英. 社会学词典[M]. 上海:上海辞书出版社,1992.

[40] 张紫晨. 中日两国后母故事的比较研究[J]. 民族文学研究,1986(2):52－57.

[41] 周作人. 儿童民间文学小论[M]. 北京:北京十月文艺出版社,2011. 1995.

[42] 赵景深. 童话学 ABC [M]. 上海:上海书店出版社,1929.

[43] 郑杭生. 社会学概论新修[M]. 北京:中国人民大学出版社,1994.

[44] АВДЕЕВ А А. Детность семьи: вчера, сегодня, завтра [М]. Москва: Мысль, 1986.

[45] АКИМОВА Т Н. Фольклор народов РСФСР. Межвузовский научный сборинк [С]. Уфа: БГУ, 1977.

[46] АЛЕКСАНДРОВ В А. Русские [М]. Москва: Наука, 1999.

[47] АЛЕЩЕНКО Е И. Этноязыковая картина мира в текстах русского фольклора: на материале народной сказки [М]. Волгоград: Перемена, 2008.

[48] АНДРЕЕВ Н П. Указатель сказочных сюжетов по системе Аарне [М]. Ленинград: Государственное русское географическое общество, 1929.

[49] АНИКИН В П. Русский фольклор [М]. Москва: Художественная литература, 1986.

[50] АНИКИН В П. Русское народное поэтическое творчество [М]. Ленинград: Просвещение, 1983.

[51] АФАНАСЬЕВ А. Н. Русские народные сказки втрех томах [М]. Москва: Наука, 1984.

[52] БАЛАДИН А И. Фольклора. Поэтическая система [М]. Москва: Наука, 1977.

[53] БАРАГ Л Г, БЕЛОЗЕРСКИЙ И. П. , Новиков Н. В. Сравнительный указатель сюжетов. Восточнославянская сказка [М]. Ленинград:

Наука,1979.

[54] БАРАНОВ Д А. Мужики и бабы: Мужское и женское в русской традиционной культуре. Иллюстрированная энцеклопедия [M]. СПб. :Искусство,2005.

[55] БАРЫКОВ Ф Л. Обычай наследования у государственных крестьян:По сведениям Министерства государственных имуществ [M]. СПб. : Типографическая фабрика Стелловского,1862.

[56] БЕЛИНСКИЙ В Г. Полное собрание сочинений. Т. 5. Статьи и рецензии, 1841 – 1844 [M]. Москва:АН СССР,1954.

[57] БЕЛИНСКИЙ В Г. Выбранные места из переписки с друзьями Николая Гоголя [M]. СПб. :Астрель,2012.

[58] БЕРДЯЕВ Н. Судьба России [M]. Москва:Фолико,2000.

[59] БЛЯХЕР Л Е. Картина мира [M]. Хабаровск:Хабаровский государственный университет,1998.

[60] ВЕДЕРНИКОВА Н М. Русская народная сказка [M]. Москва: Наука,1975.

[61] ВЛАСОВА М. Новая абевега руссих суверий [M]. СПб: Северо – Запад,1995.

[62] ГАРАНИНА Е. Ю. Семьеведение [M]. Москва:МПСИ,2009.

[63] ГРОМЫКО М М. Мир русской деревни [M]. Москва:Молодая гвардия, 1991.

[64] ГРОМЫКО М М. Традиционные нормы поведения и формы общения крестьян 19 века [M]. Москва:Наука,1986.

[65] ГРОСУЛ В Я. Русское общество 17 – 19 вв [M]. Москва:Наука,2003.

[66] ГУРЕВИЧА Я. Категория средневековой культуры [M]. Москва: Исскуство,1984.

[67] ДОМНИКОВ С Д. Мать – земля и Царь – город. Россия как традиционное общество [M]. Москва:Алетейя,2002.

[68] ДЫШЛЕВСКИЙ П С. Что такое картина мира [M]. Москва: Знание,1984.

[69] ЕЛЕОНСКАЯ Е Н. Сказка, заговор и колдовство в России [M]. Москва: Наука, 1990.

[70] ЕФИМЕНКО П С. Материалы по этнографии русского населения Архагельской губрении. Ч. 1 [M]. Москва: Типо – лит. С. П. Архипова, 1877.

[71] ЗАБИЯКО А П. Начала древнерусской культуры [M]. Москва: Пайдейя, 2002.

[72] ЗАБЫЛИН М. Русский народ: Его обычаи, обряды, предания, суеверия и поэзия [M]. Москва: РИПОЛ классик, 1997.

[73] ЗЕЛЕНИН Д К. Восточнославянская этнография [M]. Москва: Наука, 1991.

[74] ЗУЕВА Т В. Русский фольклор: Учебник для студентов вузов по спец. "Филогогия" [M]. Москва: Флинта. Наука, 1998.

[75] ЗУЕВА Т В. Волшебная сказка [M]. Москва: Прометей. 1993.

[76] ИВАНОВ В В, ТОПОРОВ В Н. Славянские языковые моделирующие семиотические системы. : Древний период [M]. Москва: Наука, 1965.

[77] ИЛЬИН И А. Собрание сочинений: в 10 т. Т. 6. кн. 2 [M]. Москва: Русская книга, 1997.

[78] КАПИЦА Ф. С. Славянские традиционные верования, праздники и ритуалы [M]. Москва: Флинта. Наука, 2001.

[79] КАРАМЗИН Н. М. Записка о древней и новой России в её политическом и гражданском отношениях [M]. Москва: Наука, 1991.

[80] КЛИМАС И С. Ядро фольклорного лексикона [M]. Курск: Курский государственный педагогический университет, 2000.

[81] КЛЮЧЕВСКИЙ В О. История сословий в России [M]. Петроград: Литературно – Издательский Отдел, 1918.

[82] КОЗЛОВСКАЯ Л М. Русские народные сказки [M]. Киев: Радяньская школа, 1985.

[83] КОЛШАНСКИЙ Г В. Объективная картина мира в познании и языке [M]. Москва: Наука, 1990.

[84] КОНДАКОВ И В. Введение в историю русской культуры [M].

Москва:Агент Пресс,1997.
[85] КОРМИНА Ж В. Сны Богородицы: Исследования по антропологии религии [M]. СПб. :Европ. ун – та в С. – Петербурге,2006.
[86] КОСТОМАРОВ Н И. Домашняя жизнь и нравы великорусского народа [M]. Москва:Экономика,1993
[87] КРАВЧЕНКО А И. Социология [M]. Москва: Академический проект,2008.
[88] КРАЮШКИНА Т В. Мир семейных отношений в русских народных волшебных сказках: на материале фольклора Сибири и Дальнего Востока [M]. Владивосток:Дальнаука,2005.
[89] КРИНИЧНАЯ Н А. Фольклористика Карелии [M]. Петрозаводск: КНЦ АН СССР,1991.
[90] ЛАЗИТИН С В. Поэтика русского фольклора: Учеб. пособие для студентов филол. спец. ун – тов [M]. Москва:Высшая школа,1981.
[91] ЛЕНИН В И. Полное собрание сочинений. Т. 7 [M]. Москва: Политическая литература,1934.
[92] ЛЕШЕНКО В Ю. Русская семья (XI – X IX вв.) [M]. СПб. : СПГУТД,2004.
[93] ЛОССКИЙ Н О. Характер русского народа [M]. Москва:Посев,1957.
[94] ЛОТМАН Ю М, УСПЕНСКИЙ Б. О семиотическом механизме в динамике русской культуры [M] . Тарту: ИздательствоТартурского университета,1971.
[95] МАДЛЕВСКАЯ Е. Русская мифология [M]. Москва:Эксмо,2007.
[96] МАСЛОВА В А. Лингвокультурология [M]. Москва:Академия,2001.
[97] МЕЛЕТИНСКИЙ Е М. Герой волшебной сказки [M]. Москва: Наука,1958.
[98] МЕЛЕТИНСКИЙ Е М. Избранные статьи. Воспоминания [M]. Москва: РГГУ,1998.
[99] МОДЗАЛЕВСКИЙ Б Л, ОКСМАН Ю Г. Декабристы: Неизданные материалы и статьи [M]. Москва:Издательство Всесоюзного общества

политкаторжан и ссыльно – поселенцев, 1925.

[100] НИКИТИНА А В. Русская традиционная культура [М]. СПб.: Изд – во С. – Петерб. ун – та, 2002.

[101] НИКИФОРОВ А И. Сказка и сказочник [М]. Москва: ОГИ, 2002.

[102] НОВИК Е С. Система персонажей волшебной сказки [М]. Москва: Российский государственный гуманитарный университет, 2001.

[103] НОВИКОВ Н В. Образы восточнославянской волшебной сказки [М]. Ленинград: Наука, 1974.

[104] ПЛАНК М. Единство физической картины мира [М]. Москва: Наука, 1966.

[105] ПЛАХОВА О А. Английские сказки в этнолингвистическом аспекте: автореферат дис. кандиданта [D]. Нижний Новгород: Нижнегородской государственный лингвистический университет, 2007.

[106] ПОМЕРАНЦЕВА З В. Русская народная сказка [М]. Москва: АН СССР, 1963.

[107] ПОМЕРАНЦЕВА Э В. Мифологические персонажи в русском фольклоре [М]. Москва: Наука, 1975.

[108] ПОТЕБНЯ А А. Собрание трудов: Символ и миф в народной культуре [М]. Москва: Лабиринт, 2000.

[109] ПРОПП В Я. Исторические корни волшебной сказки [М]. Москва: Лабиринт, 2005.

[110] ПРОПП В Я. Русская сказка [М]. Москва: Лабиринт, 2005.

[111] ПУТИЛОВ Б Н. Фольклор и народная культура [М]. СПб: Наука, 1994.

[112] ПУШКАРЕВА Н Л. Женщины в Древней Руси [М]. Москва: Мысль, 1989.

[113] ПУШКАРЕВА Н Л. Мать и дитя в древней Руси//ЭО. 1996(6): 93.

[114] РАЕВСКИЙ Д С. Модель мира скифской культуры [М]. Москва: Наука, 1985.

[115] РЫБАКОВ Б А. Язычество древней Руси [М]. Москва: Наука, 1987.

[116] СЕМЕННИКОВА Л И. Российская повседневность: от истоков до середины 19 века [M]. Москва: КДУ, 2009.

[117] СЕРГЕЕВА А В. Русские: стереотипы поведения, традиции, ментальность [M]. Москва: Флинта, 2004.

[118] СЕРЕБРЕННИКОВ Б А. Роль человеческого фактора в языке: Язык и мышление [M]. Москва: Наука, 1998.

[119] СИНЯВСКИЙ А Д. Иван – дурак: очерк русской веры [M]. Москва: Аграф, 2001.

[120] СОКОЛОВ Ю М. Мужик и поп [M]. Москва: Академия, 1931.

[121] СОКОЛОВ Ю М. Русский фольклор [M]. Москва: Изд – во московского ун – та, 2007.

[122] ТАРЛАНОВ З К. Язык жанров русского фольклора: Межвузовский научный сборник [C]. Петрозаводск: Изд. ПГУ, 1979.

[123] ТИХОМИРОВ Л А. Монархическая государственность [M]. СПб.: Комплект, 1992.

[124] ТРОНСКИЙ И М С. Ф. Ольденбургу к 50 – летию научно – общественной деятельности [M]. Ленинград: АН СССР, 1934.

[125] ФРЕЙДЕНБЕРГ О М. Миф и литература древности [M]. Москва: Наука, 1978.

[126] ХРОЛЕНКО А Т. Семантика фольклорного слова [M]. Воронеж: Издательство Воронежского университета, 1992.

[127] ЧЕРВАНЕВА В А. Пространство и время в фольклорно – языковой картине мира [M]. Воронеж: Воронеж. гос. пед. ун – т. 2004.

[128] ШРАГ И. Крестьянские суды [J]. Юридический вестник, 1877 (10): 78.

[129] ЩУКЛИН В. Мифы русского народа [M]. Екатеринбург: Банк культурной информации, 1995.

[130] ЭЙШТЕЙН А. Собрание научных трудов. Т. 4 [M]. Москва: Наука, 1967.

[131] ЮДИН Ю Н. Русская народная бытовая сказка [M]. Москва: Академия, 1998.